◎ 安秀堂 著

佛光寺传奇

山西出版传媒集团
山西经济出版社

图书在版编目（CIP）数据

佛光寺传奇 / 安秀堂著 . -- 太原：山西经济出版社，2019.7（2025.1 重印）
ISBN 978-7-5577-0522-0

Ⅰ. ①佛… Ⅱ. ①安… Ⅲ. ①民间故事—作品集—五台县 Ⅳ. ①I277.3

中国版本图书馆 CIP 数据核字 (2019) 第 112794 号

佛光寺传奇
FOGUANGSI CHUANQI

著　　者：	安秀堂
出 版 人：	张宝东
策 划 人：	董利斌
责任编辑：	李春梅
装帧设计：	冀小利

出 版 者：	山西出版传媒集团·山西经济出版社
地　　址：	太原市建设南路 21 号
邮　　编：	030012
电　　话：	0351-4922133（市场部）
	0351-4922085（总编室）
E – mail：	scb@sxjjcb.com（市场部）
	zbs@sxjjcb.com（总编室）

经 销 者：	山西出版传媒集团·山西经济出版社
承 印 者：	山西康全印刷有限公司
开　　本：	787mm×1092mm　1/32
印　　张：	4.375
字　　数：	60 千字
版　　次：	2019 年 7 月　第 1 版
印　　次：	2025 年 1 月　第 5 次印刷
书　　号：	ISBN 978-7-5577-0522-0
定　　价：	22.00 元

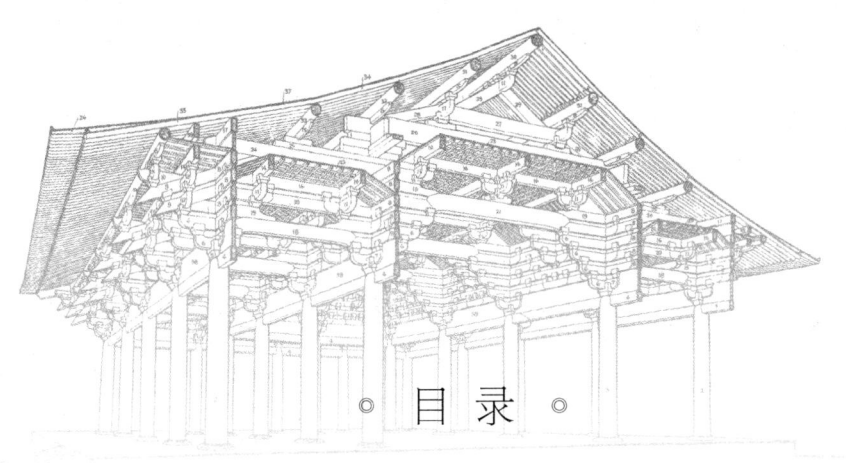

目录

先有佛光寺,后有五台山……………… 1

骑马关山门…………………………… 36

林徽因和"武则天"在东大殿合影…… 54

木渣子柱子扑柚子梁………………… 79

千秋功过说澄溪……………………… 101

东大殿千年未毁之谜………………… 115

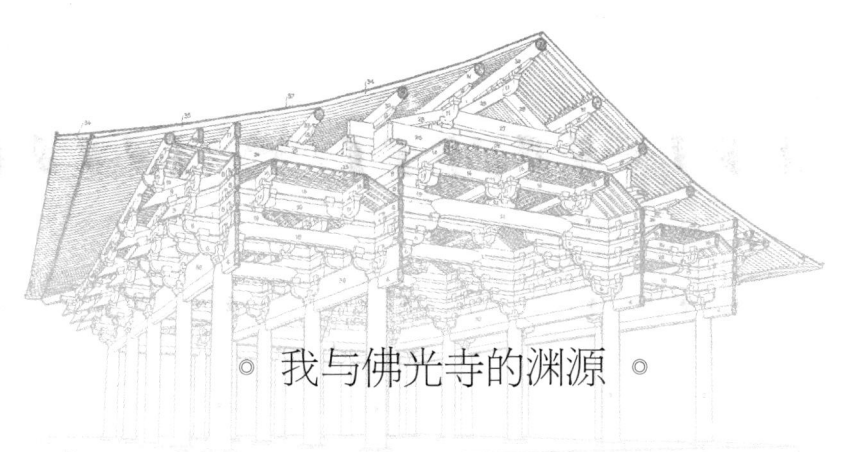

我与佛光寺的渊源

我出生在佛光寺山背后4千米远近的一个小山村,对佛光寺的传说,自幼耳濡目染,渗入骨髓。

第一次去佛光寺,是小学二年级、也就是我8岁那年的农历四月初四。四月初四是文殊菩萨的诞辰,我们就是奔着佛光寺文殊菩萨圣诞法会去的。但当时的我,根本不懂这些说道,对所有的泥塑都呼之为神像。不知道是谁家的家长提醒过,去了佛光寺可以按自己的岁数数罗汉,数到什么样的罗汉,你将来就是什么样的人。同学们还互相神秘兮兮地告知，数罗汉要双手合十，不能用手指直指罗汉。一进大殿，只见两边山墙的前后有好几排罗汉，有的怒目圆睁，有的和蔼慈祥，有的正襟危坐，有的瘦骨嶙峋……也真奇怪，年龄不同数出不同形象的罗汉来，那是理所当然，但我们几个同年龄的人数出来的罗汉形象也基本不同，这就使我们感到更加神秘。我记得很清楚，我数出来的是一尊皮肤微黄的读书人模样的罗汉。以后去了好多次，我曾经很认真地想找到我当时到底数出的是哪一尊罗汉，但一直未能确认。其实，那罗汉前后有好几排，没有人告诉我们到底怎么数，又都是小孩子，即使年龄相同，数出不一样形象的罗汉也在情理之中。但从心理学的角度分析，对未成年孩子来说，有几分心理暗示倒是可能的。不管如何，佛光寺在我幼小的心灵中留下了一种神秘的印象。

第二次去佛光寺，我已经读高中了，正是"文化大革命"时期，学校组织学农，在佛光寺对面的山上开荒种地。午休间隙,我们这些不知疲倦的学生翻过一道深沟,飞奔着进了寺院,那时我已多次听过关于佛光寺的种种传说,但对于佛教及其建筑、泥塑等知识和佛光寺的文化价值仍然一无所知,所以再次进入佛光寺纯属年轻好动,为了满足好奇心,基本没有什么更深的了解,只是强化了一点记忆。

我结婚以后又多次去佛光寺,但已不再是参观、游览,而是探亲。因为我爱人的二伯父(法号释悟正,在大同华严寺住锡期间,长期担任维那角色)和三伯父(法号释开展,曾任佛光寺管家,五台山佛教协会理事)在佛光寺当和尚,我们作为晚辈,每年春节后都要去看望两位老人。每次去看望他们,二伯父都不顾年迈,硬要爬过37级陡峭的台阶,领我们上东大殿去给佛爷磕头,好像有他亲自引领,佛菩萨会给我们以最大的福报。他不仅认真地给我们示范怎样给佛菩萨磕头,还详细介绍这尊佛管今生,那尊佛管来世,还有一尊是管祛病消灾的……

讲者不厌其烦,但听者都不走心,听过就忘了,枉费二伯父一片虔诚。去的次数多了,两位老人还饶有兴趣地讲一些佛光寺的其他故事,尤其是讲他们的叔叔——释澄溪老和尚在佛光寺出家、直到做住持,以及先后到大同华严寺、雁门关镇边寺做住持的往事。也就是说,二伯父、三伯父和他们的叔叔,都是在佛光寺出家,在佛光寺圆寂,他们的命运是和佛光寺连在一起的。由是,佛光寺在我心中又划下了几道亲情的印痕。

1995年,我拍摄《佛教圣地五台山》纪录片时,再次踏入佛光寺,其时两位伯父已于早几年相继过世。他们再不能那么虔诚地为我讲解了,但我却必须认真倾听每一位哪怕是普通工作人员对佛光寺的介绍。因为作为撰稿、编导、摄像,我必须全方位深层次地了解佛光寺,浮光掠影不行,蜻蜓点水也不行,必须不分巨细,尽可能多地了解佛光寺。从寺院的历史、建筑、泥塑、绘画,甚至寺院外的僧人墓塔，都得一一理清。好在我们剧组聘请了山西省文物专家柴泽俊先生为顾问，他长期在山西文物部门工作，深谙各地文物的文化和艺术价值。尤其是他曾经在山西省古建筑保护研究所佛光寺文物管理所做过很长时间所长，对佛光寺的每一座殿，每一尊泥塑、石雕，每一幅壁画都了如指掌，他详细生动地给我们介绍佛光寺的前世今生；介绍佛光寺的整体布局和各个大殿的建筑年代及特点；从梁架到斗拱，从泥塑到壁画，从院内石经幢到寺外墓塔，不厌其烦地给我们这些门外汉介绍佛光寺的方方面面；尤其是重点介绍梁思成、林徽因一行是如何发现和确认佛光寺东大殿为唐代建筑的。并亲自出镜讲解那些一般人不容易理解的内容。这次经历使我对佛光寺的文化和历史价值有了全面而深刻的认识，所以，对古老的佛光寺又充满了敬畏。

2014年撰写《画说五台山》时，因为佛光寺内容是重点，所以我再次认真查找考证研究有关佛光寺的资料，好像突然开悟似的，我感觉自幼耳濡目染的关于佛光寺的传说，在各种史料的相互印证中融会贯通了，佛光寺在我的心中生动丰满起来了。

其间，我多次去佛光寺拍摄照片，从寺外到殿内，从建筑到墓塔，从春天到冬天，每每踏进佛光寺，就有一种莫名的激动；每每看到二伯父、三伯父住过的窑洞，就有无限的怀念；每每走进东大殿，就有一种由衷的敬畏。我有一种强烈的冲动，要专门为佛光寺写一本书，为了我儿时的记忆，为了我们那三位在佛光寺奉献一生的亲人，为了梁思成、林徽因夫妇的人格魅力和高尚情操，为了留住我们对大唐盛世的美好记忆！

先有佛光寺，后有五台山

五台山由五座雄伟高峻、顶平如台的山峰和绵延不绝联结这五座山峰的山脉组成。五台山地跨山西、河北两省的五台县、繁峙县、代县、原平市、定襄县和阜平县之间，大部分属五台县。大致方

五台山全景（自南台顶拍其余四座台顶）

佛光寺传奇

先有佛光寺 后有五台山

五台山台怀寺院集群区

位在山西省东北部。全境坐落在地理坐标为北纬38°55′~39°66′,东经113°29′~113°39′的区域内,若按五座主峰座基区域计算,环基约250千米,面积约2873平方千米。以五座台顶连线画圈,五顶合围的圈内区域叫台内,五顶圈外的区域叫台外,最中心的地方叫台怀。狭义的五台山就是指台内,即现在的五台山风景区。

据明代高僧释镇澄所著《清凉山志》记载,公元68年,印度的两位高僧摄摩腾和竺法兰来到五台山,指出五台山台怀地区的山形地貌和释迦牟尼佛在印度修行的灵鹫峰几乎一模一样,应该是佛教造化之地。于是奏请汉明帝在这里修建了一座佛教寺院,寺以其山形命名为灵鹫寺。汉明帝刘庄为了表示崇信佛教,又加"大孚"二字,"孚"是信服的意思,寺院全称是大孚灵鹫寺。五台山佛教由此肇始,经北魏、隋唐几百年发展演变,在唐中期以后,五台山就成了闻名遐迩的佛教圣地,享誉中外的文殊道场。自明代中叶以来,又与四川峨眉山、浙江普陀山和安徽九华山,并称中国佛教四大名山。而五台山犹以"山辟最早、境地最幽、灵贶最赫"而位列四大佛教名山之首。

在五台山南台西南20多千米外,有一座被称为亚洲第一古建的寺院,叫佛光寺。如果你有幸到佛光寺朝拜和游览,会听到当地居民不无骄傲地告诉你:"先有佛光寺,后有五台山。"按说,佛光寺就是属于五台山的,是部分和整体的关系,分谁先谁后似乎没多大意义。但因佛光寺地处台外,在台外人的潜意识中,只有台内的区域才是五台山。这么说来,这台内台外

佛光寺

还真应内外有别。正如探究一条河流的主流支流一样，这先后顺序还真该掰扯掰扯。

初听到佛光寺周边的人说"先有佛光寺，后有五台山"时，我并不以为然，总觉得是当地人为了借五台山之名，来抬高佛光寺的地位。但是，在后来拍摄关于五台山的电视纪录片和编撰五台山图书的过程中，我查阅了相关文献资料，专门就佛光寺和五台山之间的关系做了一番考证，佛光寺和五台山之间还真不是一句谁先谁后就能说得清的关系。

关于五台山佛教的传入时间，目前有几种说法，一种就是流传最广的、《清凉山志》所记载的东汉时期，摄摩腾、竺法兰慧眼识灵鹫的东汉说；第二种是明清之际的大学者顾炎武（1613—1682）所持的观点——北魏说，因文献确切记载五台山最早建造佛教寺院是在北魏；第三种则是东晋说。当代五台山研究专家、山西省社会科学院研究员崔正森根据佛教传入中国后，在山西逐步扩大传播范围的历史和释皎然所著《高僧传》中关于释道安和慧远在五台山一带传法行迹的记载，认为五台山佛教的初传大约在东晋初期，公元363

年左右。综合各种史料和历史遗迹，这一说法应是目前最为合理的。但这一说法却没有五台山建寺的确切记载。据唐代释慧祥所撰《古清凉传·卷三》记载，"台西有佛光山，下有佛光寺，孝文所立。有佛堂三间，僧室十余间，尊仪肃穆，林泉清茂。"而宋代妙济大师所著《广清凉传·卷七》记载佛光寺的建造时间更早，"佛光寺，燕宕昌王所立，四面林峦，中心平坦。宕昌王巡游礼谒，至此山门，遇佛神光，山林遍照，因置额，名佛光寺。"清代《五台县志》也记载，魏孝文帝曾到佛光山造"佛光寺"，还"登临西台""射箭畋略"。

从上述三个不同朝代的文献记载来看，佛光寺最早可能建于北燕（407—436）时期，最晚在北魏孝文帝时期。而五台山台内建寺的最早的确切记载，见于宋代所著《广清凉传》，孝文帝"曾到五台山避暑"，游行于中台，上置"小石浮屠（石塔）"，还于清凉谷建清凉寺，又环绕灵鹫峰置十二院，遂使五台山佛教开始兴盛。综合上面四段文献分析，佛光寺如果不是五台山建造最早的寺院，起码也是五台山建造最早的寺院之一。

可见，"先有佛光寺，后有五台山"之说，还真是查有实据，并非臆说。

其实，北燕宕昌王或者北魏孝文帝建造的佛光寺早已荡然无存，普通信徒和游客对于佛光寺与五台山谁先谁后的问题，也并不十分在意。但是在整个五台山现存的佛教建筑中，佛光寺东大殿的建筑年代要比台怀寺庙普遍早五六百年。所以从现存佛教建筑来观照的话，说"先有佛光寺，后有五台山"，那就更确切无疑。在五台山被列为世界文化景观的评选过程中，佛光寺占有不可或缺的地位，五台山"申遗"文本中，佛光寺占了很大的篇幅。如果你是冲着世界文化遗产的背景来五台山游览的话，那你必须来佛光寺。借用一句俗套的话，完全可以说"来五台山不看佛光寺，等于没来五台山"。世界遗产委员会对五台山的评价是：中国四大佛教名山之首，以浓郁的佛教文化闻名海内外。五台山保存有东亚乃至世界现存最庞大的佛教古建筑群，享有"佛国"盛誉。五台由五座台顶组成，珠联璧合地将自然地貌和佛教文化融为一体，典型地将对佛的崇信凝结在对自然山体的崇拜之中，完美地体现了中国"天人合一"的哲学思想，成为持续1600余年的佛教文殊信仰中心一种独特而富有生命力的组合型文化景观。五台山中心区的佛教寺院大都是明清所建，且以清代建造的居多，所以，世界遗产委员会关于"五台山保存有东亚乃至世界现存最庞大的古建筑群"的评价，佛光寺无论就建筑年代，还是文化价值来讲，都当仁不让地排在第一位，而东大殿又是佛光寺价值最高的古建筑。佛光寺最传奇的莫过于梁思成发现佛光寺东大殿为唐代原建的过程，时隔80多年了，至今仍被人常常提起。

梁思成是清末民初大思想家、国学大师梁启超的长子，他自幼跟随父亲耳濡目染，打下了深厚的国学根基。1925年，在美国宾夕法尼亚大学留学的梁思成，收到父亲梁启超从国内寄来宋徽宗的工部侍郎李诫撰写的《营造法式》一书，随书还有一句评价："一千年前有此杰作，可为吾族文化之光宠也。"梁思成像得到一部武功秘籍一样，如获至宝。对中国古建筑"兴趣大增"，由此走上中国古代建筑研究之路。在美国

1931年梁思成在北平中央公园中国营造学社(费慰梅《中国建筑之魂》)

学习西方建筑专业的过程中,梁思成痛切地感受到,西方文明史并不长,却有完整详尽的建筑史,而我们这个有着5000多年文明史的东方古国,建筑史却是一片空白。早在1922年,梁启超先生出版了一本《中国历史研究法》,对当时的历史学界和思想文化界影响甚巨。想必作为梁门长子的梁思成更有一种强烈的历史使命感和责任感——他像佛教徒许愿一样,决心要完成一部中国建筑史。学建筑专业,搞建筑设计,当然是顺理成章的事,以他的专业水平,专心搞建筑设计在当时乃至现在都是最有"钱"图的行业。但他以国家和民族发展为担当,毅然决然地选择了开办建筑教育和撰写中国建筑史的事业。

1930年,梁思成加入由朱启钤筹资创办的"中国营造学社",开启了考察古建筑和撰写《中国建筑史》的漫漫长路。

梁思成曾深刻指出,"建筑不是下层匠人劳作的手艺活儿,它是民族文化的结晶,是凝动的音乐,是永恒的艺术"。中国古代建筑史当然是中国文明史不可或缺的有机组成部分,写建筑史当然需要考察古代建筑，而最有价值的当然是中国唐代木结构建筑。因为唐代是中国古代繁荣、强盛的历史时期之一，政治、军事、经济、文化、科技等各方面在当时都居世界前列。中国唐代的木结构建筑也是朝鲜半岛和日本群岛的木结构建筑的源头。但是中国古代历朝历代没有保护古建筑的传统，朝代更迭之际往往也是大部分宫廷建筑惨遭毁坏之时。所以我们泱泱五千年文明古国，浩浩几十个朝代更迭，只侥幸保存了一座明清皇宫，元以前的宫廷建筑早已荡然无存。当然，木材容易虫蛀、腐朽，也容易着火，即使没有人为焚毁，能保存千年以上的木结构建筑也确实弥足珍贵。纵览中外建筑文物，除了皇宫就是宗教建筑，再有就是一些市政公共建筑。一般老百姓很难有经济实力建造特别坚固的房子。中国是佛教盛行的国度，于是他们把目光投向全国各地的佛教寺院建筑上。他们考察的第一座佛寺是天津市蓟县的独乐寺观音阁，时间在1932年3月。他们通过实地考察和测绘独乐寺建筑，开创了一种研究中国古建筑的科学方法。从1932年到1936年间，梁思成和他的同事们实地考察了中国北方137个县市、

1823座古建筑,其中1933年和1934年曾先后到山西北部和中南部进行考察。但考察了那么多古建筑,建造年代最早的只限于宋辽时期。寻找一座唐代木结构建筑,破解唐代木结构建筑的营造法式,成了他们梦寐以求的愿望,成了他们多年解不开的心结。

而恰在这期间,日本学者也对中国古代建筑展开了全方位的考察研究。他们断言,在中国境内已没有唐代建筑,要看唐制木构建筑,只能到日本奈良去。被称为日本建筑学之父的伊东忠太在1936年出版的《中国建筑史》中提出:"研究广大之中国,不论艺术,不论历史,以日本人当之皆较适当。"按这位日本学者的说法,中国本土既没有唐代建筑遗存,也没有研究唐代建筑艺术和历史的人才。当时的中国面临着国土被侵略、文化要丧失的双重危机,梁思成比任何时候更迫切需要找到一座唐代建筑。

1937年,梁思成从北京图书馆保存的一本法国汉学家伯希和拍摄的《敦煌石窟图录》中,发现了敦煌第61窟的《五台山图》壁画上,有一座标有"大佛光之寺"字样的寺院。他立即判断,大佛光寺极有可能存在唐代原建。因为从图上看，大佛光寺地处台外，香火供奉应该远不如台内寺院，缺乏重修殿宇的雄厚经济实力，只要不遭遇战火和自然灾害，应该保存有唐代建筑。

五台山文殊信仰早在唐代就已十分兴盛，京都、西域、吐蕃信徒多有来五台山朝拜者。早在唐龙朔二年（662），会赜和张公荣等所绘的《五台山图》小帐在大唐京都流行，且逐渐流传于吐蕃，后来印度、西域等地来五台山朝拜文殊的信徒所绘的五台山图样也

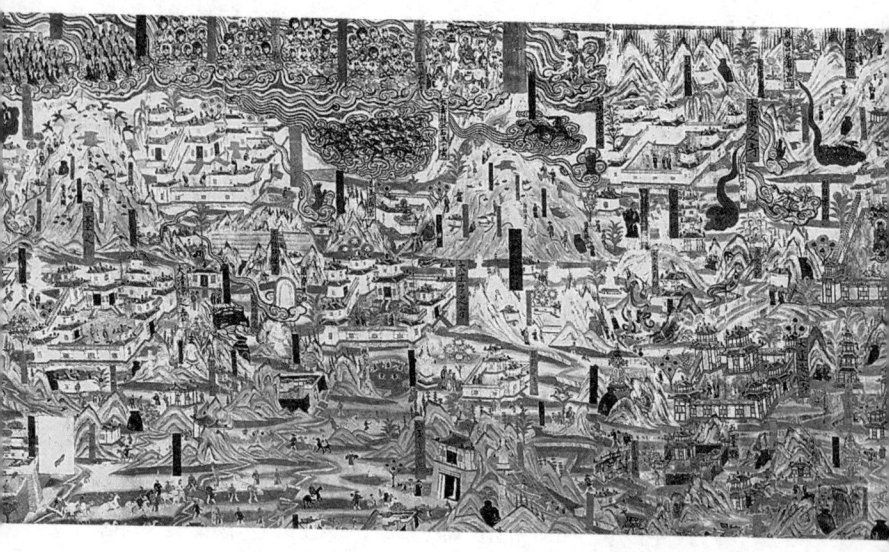

流传于西域、吐蕃等地。敦煌石窟中有十多处绘有五台山图,就是那一时代西域和五台山频繁交往的实物见证。只不过第61窟的五台山图面积最大,长13.45米、高3.42米,面积达45.999平方米,称得上是一幅巨型壁画了。作为泥塑文殊菩萨的背景,该画详细地描绘了从山西太原经五台山至河北镇州(今正定)方圆八百里的山川景色,其规模宏大,构思精密,内容丰富,布局适当,是一幅翔实细致的历史地理图、佛教史迹图和美丽的山水人物画,是五代时期的画作。

敦煌石窟第61窟的壁画《五台山图》中的"大佛光之寺"

法国汉学家伯希和拍摄后,印行了画册,梁思成就是在北京图书馆看到这本画册,看到第61窟的《五台山图》后,才要去佛光寺一探究竟的。真是苦心人天不负,梁思成先生终于在《五台山图》的启示指引下,在中国土地上、在佛教圣地五台山外围找到了唐代原建的木结构建筑。打破了日本人的断言,为撰写中国古代建筑史找到了实物例证,为大唐盛世发现挖掘出了一段历史。

梁思成先生在《记五台山佛光寺的建筑》一文中说,"1937年6月,我同中国营造学社调查队莫宗江、林徽因、纪玉堂四人,到山西这座名山,探索古刹。到

梁思成、林徽因一行骑驮骡进五台山寻找唐代建筑途中

80年前的佛光寺全景

五台县城后,我们不入台怀,折而北行,径趋南台外围。我们骑驮骡入山,在陡峻的路上,迂回着走,沿倚着岸边,崎岖危险,下面可以俯瞰田垄。田垄随山势弯转,林木错绮;近山婉婉在眼前,远处则山峦环护,形势甚是壮伟,旅途十分僻静,风景很幽丽。到了黄昏时分,我们到达豆村附近的佛光真容禅寺,瞻仰大殿,咨嗟惊喜,我们一向所抱着的国内殿宇必有唐构的信念,一旦在此得到一个实证了"。

《记五台山佛光寺的建筑》中很详细地记载了他们发现东大殿的过程和东大殿的建筑特点:

> 佛光寺的正殿(东大殿)魁伟整饬,还是唐大中年间的原物。除了建筑形制的特点历历可证外,梁间还有唐代墨迹题名,可资考证。佛殿的施主是一妇人,她的姓名写在梁下,又见于阶前的石幢上,幢是大中十一年(857年)建立的。殿内尚存唐代塑像三十余尊,唐壁画一小横幅,宋壁画几幅。这不但是我们多年来实地踏查所得的唯一唐代木构殿宇,不但是国内古建筑之第一瑰宝,也是我国封建文化遗产中最可珍贵的一件东西。

> 正殿(东大殿)的结构既然是珍贵异常,我们开始测绘就唯恐有遗漏或错失处。我们工作开始的时候,因为木料上有新涂的土朱,没有看见梁底下有字,所以焦灼地想知道它的确实建造年代。通常殿宇的建造年月,多写在脊檩上。这座殿因为有"平暗"顶板,梁架上部结构都被顶板隐藏,斜坡殿顶的下面,有如空阁,黑暗无光,只靠经由檐下空隙,攀爬进去。上面积存的尘土有几寸厚,踩上去像棉花一样。我们

用手电探视，看见檩条已被蝙蝠盘踞，千百成群地聚挤在上面，无法驱除。脊檩上有无题字，还是无法知道，令人失望。我们又继续探视，忽然看见梁架上都有古法的"叉手"的做法，是国内木构中的孤例。这样的意外，又使我们惊喜，如获至宝，鼓舞了我们。照相的时候，蝙蝠惊飞，秽气难耐，而木材中又有千千万万的臭虫（大概是吃蝙蝠血的），工作至苦。

东大殿屋架的古法叉手（梁思成《图像中国建筑史》）

梁思成在东大殿测绘照相

我们早晚攀登工作，或爬入顶内，与蝙蝠臭虫为伍，或爬到殿中构架上，俯仰细量，探索唯恐不周到，因为那时我们生怕机缘难得，重游不是容易的，这次图录若不详尽，恐怕会辜负古人的匠心的。

　　我们工作了几天，才看见殿内梁底隐约有墨迹，且有字的左右共四梁。但字迹被土朱所掩盖。梁底离地两丈多高，光线又不足，各梁的文字，颇难确辨。审视了许久，各人凭自己的目力，揣拟再三，才认出官职一二，而不能辨别人名。徽因素来远视，独见"女弟子宁公遇"之名，生怕有误，又详细检查阶前经幢上的姓名。幢上除有官职者外，果然也有"女弟子宁公遇"者，称为"佛殿主"，名列在诸尼之前。"佛殿主"之名既然写在梁上，又刻在幢上，则幢之建造应当是与殿同时的。即使不是同年兴工，幢之建立要亦在殿完工的时候。殿的年代因此就可以推出了。

　　为求得题字的全文，我们当时就请寺僧入村去募工搭架，想将梁下的土朱洗脱，以穷究竟。不料村僻人稀，和尚去了一整天，仅得老农二人，对这种工作完全没有经验，筹划了一天，才支起一架。我们已急不能待地把布单撕开浸水互相传递,但是也做了半天才洗出两道梁。土朱一着了水,墨迹就骤然显出,但是水干之后,墨色又淡下去,又隐约不可见了。费了三天时间,才得读完题字原文。可喜的是字体宛然唐风,无可置疑。"功德主故右军中尉王"当然是唐朝的宦官,但是当时我们还不知道他究竟是谁。

梁下的墨书和石幢上的文字相互印证,说明东大殿的建造年代确定无疑为唐大中十一年(857)。大家高兴极了,这是自有野外调查以来,梁思成一行最为高兴的一天。那天,天气晴好,落日给东大殿和殿前的庭院抹了一层金色的余晖,整座寺院仿佛笼罩在神奇的佛光中。林徽因提议庆祝一下,大家当然都十分赞同。他们征得寺僧的同意,将所带的沙丁鱼罐头、饼干、牛奶等统统打开,大大庆祝了一番。

梁思成在当天的日记中写道:"这是我们这些年在搜寻中所遇到的唯一唐代木构建筑。不仅如此,在这同一座大殿里,我们找到了唐朝的绘画、唐朝的书法、唐朝的雕塑和唐朝的建筑。个别地说,它们是稀世之珍,但加在一起它们就是独一无二的。"发现并确认佛光

东大殿立体效果图

（本书中的线描图、三维剖面图由清华大学建筑历史与文物保护研究所测绘，五台山风景区人民政府提供）

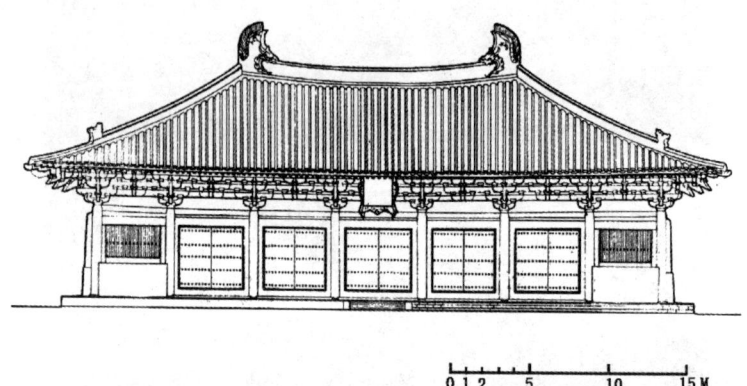

东大殿立面图

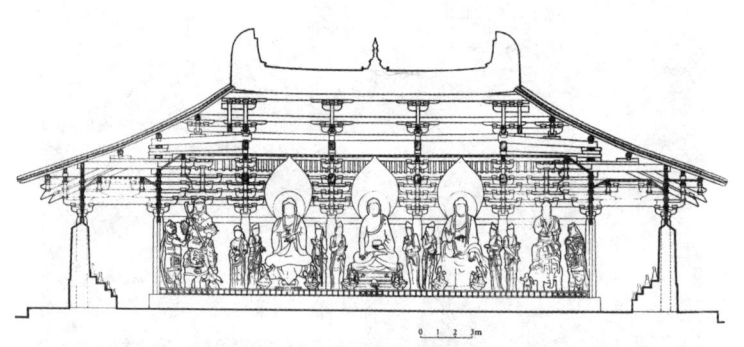

东大殿正面剖面图

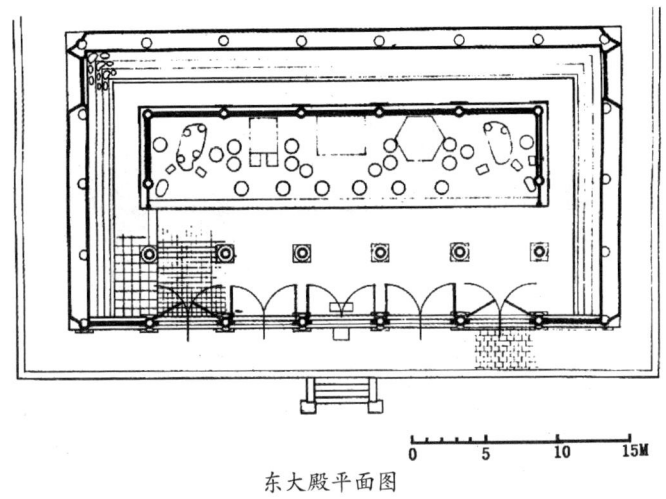

东大殿平面图

东大殿梁架结构示意图

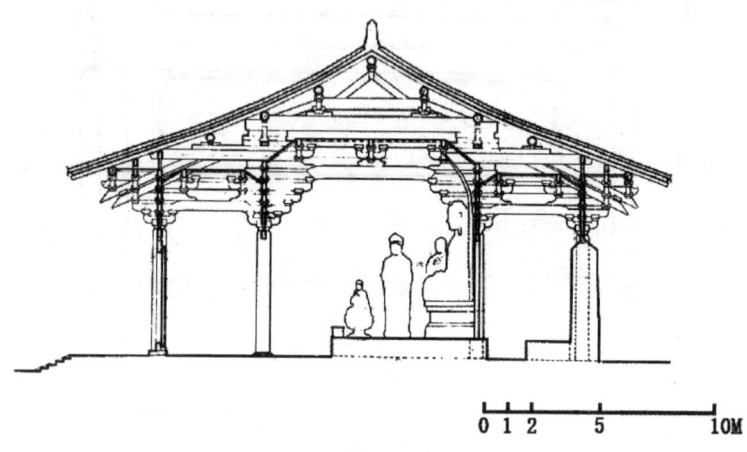

东大殿侧面剖面图

寺东大殿是唐代原建的木结构建筑，是梁思成、林徽因夫妇事业上具有里程碑意义的大事件，也是中国建筑史上具有划时代意义的大事件。

日本建筑学家伊东忠太之所以那么说，除了他们的傲慢无礼之外，也并非完全凭空臆断，因为在早些时候，已有一个叫关野贞的日本学者，到五台山考察过，而且还到过佛光寺，拍下了到目前为止佛光寺最早的影像资料。但关野贞并没有发现佛光寺有唐代遗存，所以得出结论：五台山地区都为明清建筑，早期建筑已经消失殆尽。进而宣称，中国不会有唐代建筑的遗存了。

从1932年开始，梁思成和他的同事们已经用6年时间，到137个县市考察了1823座古建筑。终于在考察第1824座古建筑时，才发现了他们梦寐以求的唐代建筑。这是多么可贵的坚持！这是何等的担当和毅力！梁、林本来都是官宦富贵子弟，且都学问极佳。但他们并未贪图安逸享受，而是义无反顾地为他们选择的事业奉献了一生。要知道，那时候整个国家满目疮痍，破败不堪，又加之兵荒马乱，匪盗横行，出去考察，不仅吃苦受累，而且常有生命危险。每到一处，都要详细测绘、照相，还要画草图。每每看到这段史实，我就不禁对他们这种为国家、为事业献身的精神肃然起敬！梁启超家族"一门三院士，九子皆才俊"的佳话应该对所有中国家庭都有启迪。

东大殿面阔七间，长度34米；进深四间，长度17.66米。八架椽，单檐庑殿式屋顶。大殿的前檐中间五间都装着厚重的木板门，门板后面至今仍有唐朝初建时的墨书题记,以及后代游人所留的墨迹。最靠边两间安装有直棂窗,这样的门窗设置是典型的唐代做法。大殿造型浑厚,气势恢宏,风格粗犷,用材硕大,斗拱雄健,朴实无华,外檐深远翼出,殿顶举折和缓,展现了一派大唐风范。

佛光寺东大殿是现存中国古代建筑中斗拱挑出层数最多、出檐距离最远的一个实例。其力学结构和美学造型,都堪称中国木结构建筑的范例。也是我国集唐代建筑、彩塑、壁画、题记、经幢于一殿的孤例。

中国古代盖房子等级制度很严,屋顶的形式要求更严,庑殿顶是最高等级。由此可见佛光寺在当时的地位和影响。中国现存最大的木结构大殿——故宫太和殿的殿顶也是庑殿顶,只不过太和殿比东大殿面宽多四间,进深多一间,且是重檐。而故宫太和殿却比佛光寺东大殿晚建了838年,是康熙三十四年(1695)重建的。佛光寺东大殿建成至今,已经历了1160多年风霜雨雪、承受了八次五级以上地震依然安然无恙,更重要的是至今未曾落架修护过,完好地保存了唐大中十一年(857)的原建原物,所以更以其独特的文物

从东大殿的这幅侧全景,可以很清楚看出其进深四间的深度。

价值和科学价值而被称为唐代一绝。虽然日本也保存有建造年代甚至比佛光寺还早的木结构建筑,但一般每隔两三百年就要落架大修一次,每大修一次就要更换三分之一的构件,现在的日本木结构古建筑充其量只能算是一些体量相等的古建筑模型了。所以东大殿以建筑年代久、规模大(七开间)、等级高(庑殿顶)、保存完好和形制典型而被梁思成先生称为"第一国宝"。佛光寺东大殿为研究中国唐代建筑的形制、结构、设计方法提供了极为珍贵的实物资料和独特见证,是研

东大殿角柱斗拱

东大殿庑殿顶

究中国建筑史不可或缺的实物例证。梁思成先生的专业造诣和人文品质，在中外建筑学界有着广泛而深远的影响，有梁思成先生发现并鉴定为唐代原建的东大殿，即使佛光寺单独申报世界文化遗产也完全符合条件。

鉴真法师于公元759年主持建造的日本奈良唐招提寺的金堂，其结构样式与东大殿如出一辙，可见东大殿的结构就是唐朝中晚期比较流行且大体固定的样式。所以，当我们流连于佛光寺东大殿时，就会油然而产生穿越回大唐的感觉。

我们可以想象，梁、林夫妇一行发现东大殿时的那种众里寻他千百度，蓦然回首，她却藏在佛光寺的喜悦心情。发现东大殿为唐代建筑遗珍后，梁思成在离开佛光寺前，致信当时的山西省教育厅，详细陈述了佛光寺之珍罕，敦促计划永久保护的办法。他和林徽因与寺僧道别时情绪很激昂，答应第二年带着政府的资助来对大殿进行大规模修缮。谁知这一别竟是永诀，一周后，当他们到五台山台怀镇又考察了几天，出北台经繁峙到达代县时，得悉北京发生了"卢沟桥

事变"。梁、林一行回京后不久就被迫开始了逃难流亡生涯,再没有机会重返佛光寺。

新中国成立后,国家百废待兴,城市规划建筑任务繁重,梁先生更是日理万机,但他始终放不下魂牵梦绕的佛光寺,专门致信佛光寺所在的五台县豆村人民公社,询问佛光寺的保护情况,所幸佛光寺又奇迹般毫发无损地保存下来。这是佛光寺的幸运,是五台山的幸运,也是中国建筑史的幸运。毕竟世界上同时具备这几项要素的建筑只此一座!

佛光寺东大殿正面全景

实际上,梁思成一行发现的佛光寺东大殿已不是敦煌壁画《五台山图》中的佛光寺,《五台山图》中的佛光寺已在唐武宗灭佛时化为灰烬,而东大殿是在"会昌法难"十年后重建的。

新中国成立后,考古专家在山西又先后发现了三座唐代建筑,但体量、造型和气势远不及佛光寺东大殿。一般认为,只有东大殿能代表唐代官方流行,且具有共性的结构体系及做法。而其他三座虽然也是唐代建筑,但只能反映当时地方民间建筑的倾向性。所以,

东大殿屋内梁架结构和平暗(天花板)(梁思成《图像中国建筑史》)

国内的仿唐建筑一般都将东大殿作为范本。这也是东大殿之所以名声更大的原因所在。

1973年竣工的扬州鉴真纪念堂就是梁思成先生参照佛光寺东大殿的式样设计建造的,纪念堂再现了唐代建筑古朴豪放的风格。

梁思成先生的弟子,在建筑界有"新唐风"建筑风格之称的中国工程院院士张锦秋女士,在1987年筹备设计陕西历史博物馆时,专门来五台山寻访她当年在清华大学建筑系读书时,梁思成先生常常津津乐道的佛光寺,专门到佛光寺考察东大殿结构。她主持设计的陕西历史博物馆和法门寺大殿,都是仿照佛光寺东大殿的梁架结构设计的。时隔20多年后,她在接受中央电视台《大家》栏目记者采访时,谈起佛光寺东大殿仍然兴奋不已:"毕竟我们中国自己还有唐佛光寺大殿的存在,这是国宝中的国宝,国宝中的国宝!"

历史和文明,总要有物化的东西来承载。佛光寺东大殿就是承载大唐历史和文明的重要载体,保护好佛光寺,保护好东大殿,就是在斗转星移、沧桑巨变中,留住一段辉煌的历史,留住一段灿烂的文明,流出一个动人的传奇。

佛光寺传奇

骑马关山门

自第一层院落仰摄佛光寺全景

佛光寺坐落在佛光山腰,地势东高西低,寺院布局因地制宜,依山就势,坐东朝西,依山面水,三面环山,苍松掩映,环境十分幽静。

佛光寺以东西向为中轴线,自西向东入山门,有三层院落,一层比一层高,呈梯田状上升。佛光寺的主殿(俗称东大殿)就坐落在第三层高台上,居高临下,俯瞰全寺,气势雄伟。从第一层院落往上看,只能看

自东大殿后俯瞰佛光寺

到东大殿上半部的殿体和屋顶,以及殿前两株高大挺拔、冠盖茂密的松树。第二层院落比第一层高将近两米,面积相对较小,东侧有一排窑洞,南北两侧各有一排廊房。而第三层却突兀而起,比第二层高出13米多。沿着中轴线,从第二层院落东侧中间的窑洞门走过陡峭的37级砖砌台阶后,一座巍峨的大殿突现眼前,使人为之一振。面宽七间、进深四间的东大殿巍然屹立,硕大的牌匾,粗壮的檐柱,厚重的木板门,简洁的直棂窗,尽显大唐风范。

中国古代建筑十分讲究对称,从皇宫到衙署,从寺庙到民居,大抵如此。故宫和孔府、孔庙就是典型的对称式建筑。都是沿中轴线纵向排列几座大殿,左右两边配建廊房。五台山好多寺院也都是这种对称式布局。山门、天王殿、大雄宝殿、文殊殿、法堂等大殿纵向布置在中轴线上,左右两边一般是相对低矮的僧舍、库房等后勤用房。大殿把整个寺院分隔成多个院落,一般主殿的体量最大,主殿前面的庭院面积也

从第二层院落南边小院,可以很清楚地看到第三层院落比第二院房屋的屋脊还要高许多。

骑马关山门

东大殿侧全景

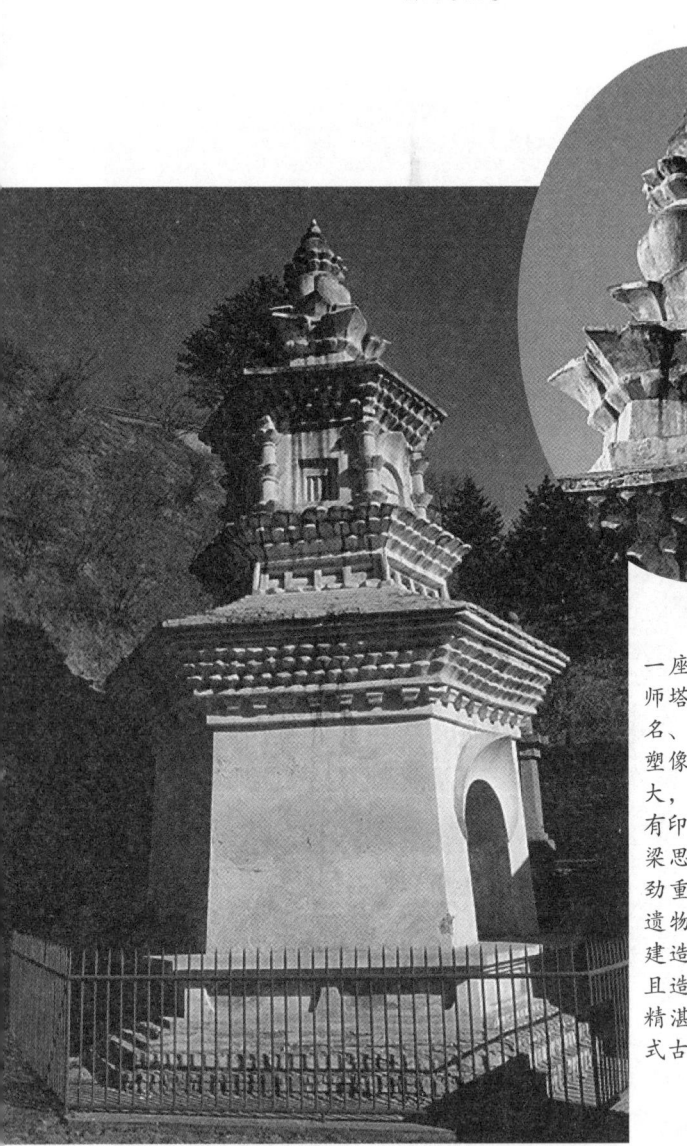

东大殿南侧有一座六角双层的祖师塔,内供禅宗无名、慧名两位祖师塑像。体量不是很大,但装饰风格颇有印度和北魏遗风,梁思成称其"朴拙劲重,显然是魏齐遗物"。该塔不仅建造年代久远,而且造型独特,工艺精湛,是现存楼阁式古塔中的佼佼者。

在祖师塔旁边,紧贴围墙还有一座宋塔,造型更加别致,说它是塔,其实更像一座石幢。宋代遗物也是十分珍贵的古迹,但因它和东大殿同处一院,而且就在祖师塔旁边,偏居墙角一隅的这座宋塔就像名媛的侍女一样,很少被人关注,连许多专门介绍佛光寺的书籍资料中也很少提及。

最大,全寺的大型佛事活动都在主殿或者主殿前的庭院举行。僧人、信徒和其他游客出入寺院都是从各大殿的两旁行走。这样的对称建筑虽然规范,但难免流于呆板给人千篇一律之感。而佛光寺寺院建筑布局既讲究对称,又避免了上述那种雷同,使人耳目一新。

佛光寺虽然以东西向为主轴,但并没有在第一二

以东西为主轴线,南北对称且呈梯田状层层升高的佛光寺建筑布局。

层院落的主轴线上布置大殿,而是因地制宜,把相应的大殿建在了中轴线的左右两侧,中间是宽阔的通道。第一层院落南北两侧分别建有两座面宽七间的普贤殿和文殊殿。南侧的普贤殿早年毁于火患,现在的伽蓝殿是后来补建的。第二层院落不仅两边建有廊房,左右对称,在东侧还有一条南北方向的甬道,通过两个小角门,把第二院与其南北两侧的两个院落贯串起来。从东大殿所在的院落往下看,可以清楚地看到,佛光

二院东侧磴有一排窑洞,中间一孔就是上东大殿的通道。

寺高高低低一共分五个院落，以东西向为纵轴线，排列着三个层层升高的院落，二院的南北两侧又有两座对称的小院。寺内共有殿、堂、楼、阁120余间，佛光寺整个寺院占地面积34200平方米。一座偏居台外的寺院有这么大的面积，即使在寺庙林立的台怀区，也算规模很大了。然而，当地人却说，现在的佛光寺只是当年寺院的一角，想当初，佛光寺规模最大时，需要"骑马关山门"，我前后多次去佛光寺，僧人和

第二层院落通往南边小院的小角门

自第三层院落俯瞰第二层南边的小院

第二层院落北边的小院,南北两个小院对称。

周围的老百姓都这么说。

相传,在唐代中叶,佛光寺曾建有五大院,即南禅院、白云院、华严院、单禅院、各寮院。《佛祖统纪》上记载,大约在唐元和至长庆(806—824)年间,佛光寺曾"建三层九间弥勒大阁,高九十五尺"。95尺,就是近32米,十来层楼的高度,在1200多年以前,凭当时的建筑技术,靠砖木结构搭建起那么高大雄伟的建筑,的确非同凡响。看来李白所写的"危楼高百尺",并非虚指,不能与其"白发三千丈"的诗句一样,解读为夸张的说法。不仅曾经的五大院可以佐证佛光寺规模很大,这三层九间高30多米的弥勒大阁更是可以作为佛光寺规模很大的佐证。看来当地老百姓所传骑马关山门的说法绝非虚言,而是确有其事。

还有一条僧人事迹记载也可佐证佛光寺曾经规模很大。在佛光寺西北二里的塔坪上,有一座建于唐长庆四年(824)的两层方形花塔,塔内藏有解脱禅师灵骨,所以人们就直呼此塔为解脱禅师塔。解脱禅师是周武灭佛后复兴五台山佛教的核心人物。解脱禅师俗姓邢,五台山本地人,从小就受到佛教文化的熏陶,18岁出游参学，25岁出家于五台山昭果寺，后隐于佛光寺弘法。解脱禅师精研佛理，道行昭著，是五台山早期华严学的巨匠。据记载，由于解脱禅师每天下内省之功，终于悟到了"无生法忍"。无生法忍是一种佛教智慧，意思是在逆境中的忍力和信念，也是修行过程中一种超越性突破，是解脱在佛学理论上的创新成果。连终南山系华严思想的集大成者法藏都高度赞扬解脱及其

解脱禅师墓塔

弟子明曜，认为解脱在教化广大民众这一点上，天台山的智𫖮也比不上。解脱是与玄奘齐名的佛学大师，只不过由于《西游记》的流传，使玄奘的名声更响一些。

解脱禅师平易近人、循循善诱，直指人心，教学理念和方法独具特色。他能因人因事耐心剖析，助其攻克要害，其实就是我们现在所说的个性化教育，也是孔子所倡导的因材施教。解脱禅师除在寺中设座讲学外，还常常不辞辛劳，游走于外，杂于众僧间，指迷启悟。这种教学效果及其示范效应，让人们像流水般地涌来佛光寺，每天听讲的人多达万余人次，跟随解脱和尚学禅有成就者千余人，连唐玄奘也"未有若斯之盛"。《广传》称他为"法苑之梁栋，释门之标准"。

我们不妨推想一下，解脱禅师讲经阐法，每天听讲人数达万余人次，那要有多大规模的寺院呀！孔子多年讲学，才达到弟子三千，七十二贤人。解脱讲经，每天就有万余人次，学禅有成就者千余人。这种成就不仅佛教史上少有，整个中国教育史上也无人能望其项背。每天万余人次，我们以50人的班容量计算，那就是200个班的规制，如果一个人一天听两次，也相当于有100个班级的学校规模。由此可见当年的佛光寺有多大的规模。从这件事情推断，骑马关山门的说法也绝非夸张，而是实话实说。

行文至此，我记起一件看似不搭界的事情，却可以从另一个侧面说明佛光寺曾经的规模。

那是我大舅哥讲的一个他亲身经历的不足挂齿的事。故事要从大舅哥上初中说起。大舅哥是1950年生的人，在他上初中时，学校条件还不太好，晚上起夜需要自己带夜壶，但家里没有，需要托驮炭的人到70多里外的煤窑上买，于是就从家里找了一个闲置不用的瓷盆。那个瓷盆是我老丈人在离现在的佛光寺较远的一块地里犁地时翻出来的，说起来还是有点来历的。那还是土改前，我老丈人一家都在佛光寺边上的佛光村居住，他在地里劳作，经常能翻出各种瓷器碎片、大瓦、大砖碎块，还有屋檐前房顶上盖的猫头、滴水。所谓猫头就是瓦当。人们都知道，他们所耕作的地都是当年寺庙的旧址，因为那砖头和瓦片很大，普通民房是不用那么大块头的砖瓦的。平时挖出来的砖瓦碎块、碎片，都随手丢到地边了，那次挖出的这个瓷盆十分完整，老丈人就没有扔掉，觉得喂个鸡呀、狗呀，能派上用场，于是就带回了家。这回好了，儿子上学需要，那就再好不过，既省得去托人，又不用再花钱。就这样，大舅哥上初中一直用下来，到读完初中回家时就扔在学校没有拿，一来自己已经不用了，二来还可以为后来的学弟所用。近几年各大电视台都纷纷推出收藏类节目，收藏瓷器理所当然成为热门话题，充分说明了盛世收藏的规律。大舅哥在看节目过程中突然想起上初中时用的尿盆应该还是有点价值的。他并没有相应的瓷器鉴别知识，也无从知道这个瓷盆到底值不值钱。但有一点，他记得很清楚，那个瓷盆看上去有好多细纹，就像开裂了一样，但摸上去却十分光滑。天哪！那是窑变，是钧窑的窑变。所谓家有万贯，比不上钧瓷一件。哪怕它曾被用作尿盆，现在如果还在的话，那价格应该是不菲的。

佛光寺周围的居民都是给寺院扛活儿的人，家里不可能有如此贵重稀缺的瓷器，那肯定是高官巨贾花重金采买来供养寺院的。寺院坍塌后埋在土里，流落民间的这类东西又何止千件百件。怪不得许多文物贩子常常出现在周边的村庄里，说不定哪天就能发现一件无价之宝。一直到20世纪70年代，农业学大寨搞农田水利基本建设时，即使在离寺院二里多地以外的地里，还能挖出块头很大的砖头瓦片，还有断裂的台阶石等。

出佛光寺大门顺着缓坡向西南方向下行二里许，有一块地名叫五间门前，五间门前是阎家寨人耕种的土地，阎家寨是佛光寺正西近三里一个较大的村子。阎家寨人至今都众口一词地说，五间门前就是当年佛光寺全盛时的山门所在地，从距离、方位和名称综合考察，这个说法应该是可靠的。只不过人们所说的那个佛光寺"全盛时期"应该在1100多年以前甚至更早。

寺院的山门一般都是三间，而当年的佛光寺山门却有五间，从山门之大亦可以想见当年佛光寺规模之大。"骑马关山门"关的就是这五间门的山门。

林徽因和"武则天"在东大殿合影

梁思成、林徽因真是幸运,循着《五台山图》一路找来,不仅如愿以偿,发现了真正的唐代建筑——佛光寺东大殿,而且还在那座唐代原建的大殿中,发现了一堂场面壮阔、气势恢宏的唐代彩塑。林徽因还与传说中彩塑群中的女皇帝"武则天"合了一张影。

要说林徽因和"武则天"合影之事,还要先说说东大殿的彩塑。

话说中国营造学社调查队梁思成、莫宗江、林徽因、纪玉堂一行四人,1937年6月初,先自北京坐火车到山西省会太原,改乘汽车到达五台县城,最后又不得不换骑骡子,沿着崎岖的山路寻到佛光寺来。进寺后,

1932年的梁思成与林徽因

他们顾不得一路鞍马劳顿，卸下行李就在寺僧的带领下进了东大殿，梁思成描述他们的印象："雄伟的殿门一推即开。正殿（指东大殿）七间，在昏暗中显得更加辉煌。沿着后内柱的中线上是一堵扇面墙，墙前有大佛坛，坛上每间供主像一尊，颇为高大，旁供供养菩萨等六尊，坛两端上面立着佛菩萨像三十余躯，宛若仙林"，"无疑是晚唐时期的作品。但如果泥塑像是未经毁坏的原物，那么庇荫它的房屋必定是原来的唐构。因为重修房子必会损坏里面的一切。"（费慰梅《中国建筑之魂》）可见梁思成他们是先从塑像

用鱼眼镜头所拍东大殿佛坛塑像

的风格推测大殿的建筑年代的。

东大殿设有宽五间、深一间半、高74厘米的大佛坛，佛坛上共塑有佛、菩萨、胁侍、獠蛮等彩塑35尊。佛坛主像是三佛二菩萨，正中间是释迦牟尼佛，弥勒佛和阿弥陀佛分塑于释迦牟尼佛两旁，靠外两侧是文殊和普贤菩萨。这种布局是按净土宗的仪轨设置的。每尊主像前均有两尊胁侍和供养菩萨，文殊、普贤分别骑狮子和白象。狮、象前有獠蛮和拂菻牵引，佛坛的最前边两侧塑有两尊天王。三尊佛像连像座通高约5.3米。主像左右两边是文殊、普贤菩萨。文殊、普贤塑像连坐兽高约 4.8 米。胁侍诸菩萨高约 3.7 米。跪在莲花上的供养菩萨连同像座高约 1.95 米，约略为等身像，它们位置在诸像的前面，处于附属点缀的地位。两尊天王像高约 4.1 米，颇有气势。全国现存佛殿中少有这么大的佛坛，更少有一座佛坛上塑有体量那么大、数量那么多的彩塑佛像群。

梁思成描述：坛上有主像五尊，各附有胁侍像五六尊不等。当心间的主像是降魔释迦，袒着右肩，右手垂置在右膝上，作"触地印"；左手捧钵放在腹前，

弥勒佛

释迦牟尼佛

阿弥陀佛

东大殿佛坛塑像

跌坐在长方须弥座上。左次间的主像是弥勒佛,垂下双足坐着,左右脚下各有莲花一朵。双膝并垂,是唐代佛像最盛行的姿势,是宋以后所少见的,所以最值得注意。右次间的主像是阿弥陀佛,双手略如"安慰印"状,跌坐在六角须弥座上,衣褶从座上垂下来。释迦的左右,有迦叶、阿难两尊者和两菩萨侍立,更前则有两供养菩萨跪在莲花上,手捧果品献佛。弥勒和阿弥陀的诸胁侍,除以两菩萨代两尊者外,一切与释迦同。释迦弥勒都有螺发;阿弥陀则有直发如犍陀罗式之发容。三佛丰满的面颊,弧形弯起的眉毛,端正的口唇，都是极显著的唐风。弥勒及阿弥陀佛胸腹部的衣褶与带结和释迦与阿弥陀垂在覆座上部的衣褶，都是唐代的固定程式。菩萨立像都微微向前倾侧，腰部微弯曲，腹部微凸起，是唐中叶以后菩萨像的特征，与敦煌塑像同出一范。供养菩萨都是一足蹲着一足跪着，在高蒂的莲座上。衣饰与其他菩萨相同。这种形式的供养菩萨，在国内已不多见，除敦煌石窟外，仅在山西大同华严寺薄伽教藏还有。

《中国美术全集》这样介绍东大殿佛坛彩塑：佛光寺的唐代彩色塑像，躯体丰满，比例适度，面目丰润，形态逼真；服饰简洁，衣纹流畅；手法洗练，色调明快，其浩大的场面和惊人的气势，只有在鼎盛的唐代才会出现，反映了独特的唐风，是中国目前罕见的唐代彩塑艺术的杰出代表。

佛光寺的佛、菩萨塑像无论是人物整体造型还是一衣一带的处理，与敦煌石窟的唐代彩塑如出一辙，都足以代表唐代泥塑艺术的最高水平。即使在敦煌石窟，也没有像东大殿这样，在一座殿（窟）中有如此数量众多、体型高大的彩塑群。那些佛和菩萨，个个

胁侍菩萨的脸都是方圆形

端桃子的胁侍菩萨，塑造得更加灵活而充满情趣。表情生动，眉宇间似有笑意，又不敢开怀大笑，分明是在偷着乐。

衣裤自然垂贴于肢体,逼真地表现出了丝绸衣服的质感,好像刚从水中出来一样。南北朝时期的画坛巨匠曹仲达创造的所谓"曹衣出水"的风格,在佛光寺彩塑中得到淋漓尽致的发挥。

菩萨手持或肩披的泥的彩带,随风飘荡,完全体现了画圣吴道子"吴带当风"的吴家样特点。

体态丰满，脸呈方圆形，腮部微鼓，胸部高突，肌肉隆起，线条平缓，是唐代以丰满为美的典型体态。胁侍菩萨的服饰大都采用湿衣线纹，衣服自然垂贴于肢体，突出了骨骼肌肉。既展示了人体的线条美，又准确地塑造出了薄如蝉翼的丝绸衣服的质感。代表了唐代崇尚的"曹衣出水"的画风。而菩萨手持、肩披的一条条泥的彩带，更是随风飘荡，生动传神，正是唐代丹青高手吴道子"吴带当风"的艺术风格在泥塑作品中的体现。作为划时代画坛大师的曹仲达已无画作传世，吴道子的画也是稀世珍宝，一般人很难看到，但是他们的绘画艺术风格却通过不知名的塑工之手，在五台山佛光寺的泥塑中保留传承下来，给中国乃至世界美术史上留下了一批可贵的实物资料。

如果你也到过同属唐代建筑的五台山南禅寺，一定会注意到，南禅寺大佛殿和佛光寺东大殿的所有佛、菩萨的造型风格基本一致，但两殿所塑的四尊护法天王却有明显的不同。南禅寺大佛殿的天王从体型比例上说，虽然也高大威猛，但面部表情泰然自若，微露笑容，总体上是一种祥和自然之态。但佛光寺东大殿

南禅寺金刚像脸部表情　　　　佛光寺金刚像脸部表情

的两尊天王像，除身形比例更加高大威猛雄健之外，面部表情有了明显的变化。双眼高凸，怒目圆睁，凶悍威严，凛然不可侵犯。使人望去不寒而栗，与佛菩萨慈眉善目的形象形成了鲜明的对比。这是因为南禅寺大佛寺建造年代比佛光寺东大殿早75年，东大殿是在唐武宗灭佛期间被烧毁的弥勒大阁的基础上建造起来的，护法天王面相上的这种显著变化，反映了唐武宗灭佛前后佛教徒对世俗人态度的变化。直到宋以后各代寺院佛像塑造中，天王的形象一直延续这种凶猛

林徽因和"武则天"在东大殿合影

南禅寺金刚像

佛光寺金刚像

愤怒的风格,这也正是人们描述人发怒时常常用"怒目金刚"一词形容的缘由。

  我在拍摄五台山纪录片时,于东大殿佛像群中穿梭来往,有幸近距离拍摄那一尊尊佛菩萨。过去有关唐朝的史诗没少读过,有关唐朝的故事没少听过,有关唐朝的影视作品也没少看过,但我对唐朝的印象还是模糊的,是缥缈的。在东大殿拍摄佛菩萨的过程中,唐朝在我的眼中、脑中具体化了。这35尊塑像让我看到了大唐气象,看到了古都长安,听到了唐代丝绸之路上的驼铃叮当,体会到了梁思成、林徽因在佛光寺的欣喜若狂。虽然之前我曾多次来过佛光寺,但由于知识储备不足,每每一过而忘。那次我事先翻阅了许多资料,在一尊尊佛菩萨面前,我的感觉用两个词概括就是崇敬、震撼,但这崇敬、震撼与宗教无关。以

东大殿的菩萨造型反映了唐代的时尚和审美情趣

前我常常听到许多胖人感叹生不逢时,希冀活在大唐,在这佛坛上看着那些菩萨造型,我顿悟了一回:即使在以胖为美的唐代,也是以健康的丰满为美的。

说完东大殿的彩塑,就该说说林徽因和"武则天"合影的事了。

在东大殿佛坛的彩塑群中,和那形体高大的佛菩萨形成鲜明对比的,还有一尊"躲"在巨大天王像右后边的俗家女子塑像,即僧人所说的武则天。梁思成在《记五台山佛光寺的建筑》中特别提到,坛的左端有供养信女像一躯,是等身写实像,这尊像与诸佛是迥然不同趣味的。寺僧告诉我们,她就是武后。

梁思成对僧人所说的武后像进行了描述,"是一座年四十余之中年妇人像,面貌丰满,袖手趺坐,一望而知是实写的肖像,穿的是大领衣,内衣的领子从外领上翻出,衣外又罩着如意云头形的披肩。腰部所束的带子是由多数'田'字形的方块缀成的。她的衣领与敦煌壁画中供养者像,和成都发掘的前蜀永陵(王建墓)须弥座上所刻女乐的衣饰诸多相似之点,为当时寻常的装束。以敦煌信女像与这尊'武

藏在天王像后面的宁公遇

则天'的像相比较，则前者是一幅画，用笔婉美，设色都雅，所以信女像停匀皎洁，古丽照人；像大仅等身，在佛坛上至为渺小，谦坐南端天王像旁。其姿态衣饰与敦煌画中信女像颇相似；其在坛上位

宁公遇坐姿塑像

置亦与信女像在画之下左隅相称。后者是塑像,塑工沉厚,隆杀适宜,所以宁公遇状貌神全,生气栩栩,丰韵亦觉高华。唐代艺术洗练的优点,从这两尊像上都可得见一斑。"

梁先生他们将佛坛上俗家女子的塑像与敦煌壁画信女像进行了比较，在林徽因辨认出宁公遇字样，并与殿外石经幢上所刻的"佛殿主女弟子宁公遇"互相印证之后，他们得出结论：那尊僧人所说的"武则天"塑像，其实就是捐资重修大殿的佛殿主宁公遇。这个结论从此纠正了寺僧多年来的一个错误说法，而且据此推断出大殿确切的建造年代。我们可以想象，梁思成他们当时是多么欣喜若狂，梁在日记中写道："施主是个女的！而这个年轻的建筑学家，第一个发现中国最珍稀古庙的，也是个女人，显然不是偶然的巧合。"

在佛坛外南梢间的窗下，还有一尊俗人写实塑像，是当时主持建造东大殿的寺院住持愿诚和尚。愿诚"面向佛坛跌坐，表情冷寂清苦，前额隆起，颧骨高突，从容静恬，实为写实人像中之优秀作品"。这样就说得通了，捐资人宁公遇和主持建造的愿诚和尚同时塑在殿里，就像篆刻建筑碑记一样，给后人留个纪念。而千百年来一直流传的塑像是武则天的说法，总有点牵强，无法自圆其说。

确认坛上这位俗人塑像是宁公遇之后，人们就对

林徽因在东大殿佛像群中

宁公遇的身份进行了多种猜测研究。唐代私宅制度有严格要求，"王公之居不施重拱藻井，三品堂五间九架，门三间五架；五品堂五间七架……"寺院虽不是私宅，但造什么规模的寺或殿也不是随心所欲的。一位四五十岁的中年妇女，能在距京城千里之外的五台山建这么大规模的一座殿堂，不但是巨富，而且一定有相当高的社会地位。殿内梁架上的题记中除有"佛殿主女弟子宁公遇"外，还专门提及一人，"功德主故右军中尉王"。人们推测，这位建殿时已故去的王姓右军中尉，十有八九是侍奉唐宪宗和唐穆宗两代皇帝的近臣宦官王守澄。我国宦官娶妻之事古已有之，那些有钱有势的太监为了使自己更像正常人，起屋造院，娶妻养子，不仅以此炫耀自己的权势和财势，更是自欺欺人地掩盖自己心中那块永远的痛。那么宁公遇应该就是王守澄名义上的妻子。她在"右军中尉王"故去后继承了巨额遗产，所以有足够的财势来捐建这么大规模的殿堂。也可能在建造大殿的前期，"右军中尉王"还在，而在大殿建造过程中故去，所以才在梁架上题留两人名字。

近年来，有专家考证后认定，佛光寺是皇家功德寺，大殿开工于唐大中九年（855）九月，落成于大中十一年（857）二月，大中十一年立幢为证。而这位送供女弟子宁公遇并不是所谓王守澄的妻子，而是唐宣宗的女儿永福公主。考证严谨，言之凿凿。不过对于普通信徒和游客来讲，宁公遇的身份到底是宦官妻子还是皇帝公主，已不重要，只知道这位送供女弟子身份十分高贵，的确有皇家背景。

在梁思成一行离开佛光寺前，林徽因站在宁公遇塑像前，让梁思成给她们照了一张相，于是有了林徽因与和尚所说的"武则天"但实际是宁公遇的合影。她对着宁公遇塑像深情感叹："我真想在这里也为自己塑一个雕像，让自己陪伴这位虔诚的唐代大德仕女，在这肃穆寂静中盘腿坐上一千年。"

林徽因与宁公遇生活的年代相差 1080 多年，却阴差阳错在佛光寺东大殿相遇了，这张穿越历史年代的合影是中国建筑史的一个标志，是一个大事件的记录。宁公遇之名之像，由于她 1160 多年前的一个善举，而流传千古；林徽因与宁公遇在东大殿的合影，因她对

林徽因和"武则天"在东大殿合影

　　林徽因与宁公遇的合影。图中左边伸出两根白色尖锐物体,是后边普贤菩萨坐骑白象的象牙。

林徽因在佛光寺唐石经幢上测量

林徽因和"武则天"在东大殿合影

这就是左图林徽因爬着梯子上去测量的立于唐乾符四年(877)的石经幢。

建筑、对科学的执着追求和职业献身精神而载入史册。梁思成先生所说她们的相遇"不是偶然的巧合"应该很有深意。

木渣子柱子扑柚子梁

说不清是佛光寺成就了梁思成、林徽因,还是梁思成、林徽因炒热了佛光寺。近些年,梁思成、林徽因与佛光寺的故事屡屡被提起,在电视、网络乃至纸质媒体上曝光率很高。而曝光的主要目标物当然是他们所发现的佛光寺东大殿,所谓中国古代木结构建筑的典范、所谓唐代四绝,其故事之多简直与其价值之高相当。由于东大殿名声太大,使得佛光寺除东大殿之外的其他构成都被置于无足轻重的尴尬地位。比如,佛光寺还有一座建于北魏年间的祖师塔,还有多座唐塔、两座唐石经幢,往往都被一带而过。还有一座造型别致的宋塔,人们更是知之甚少。位于佛光寺第一进院落北侧，还有一座体量几乎和东大殿不相上下的文殊殿。文殊殿建于金天会十五年（1137），也是建筑史上划时代的作品，虽然比东大殿晚了280年，但在当地老百姓的口中，文殊殿的传说并不比东大殿少，甚或可以说其传奇色彩更浓。一般老百姓并不知道也不关心两座殿的建造年代以及它们在建筑史上的意义，但是文殊殿有一个最大的特点就是殿内柱子很少，600多平方米的房间内，只有四根柱子，和习见的殿堂结构大不相同，老百姓可能觉得一般工匠没有能力设计这种超常规的结构，于是就慢慢酝酿出了鲁班建造文殊殿的传说，光这个还不够，还说文殊殿是木渣子柱子扑柚（扑柚：当地人读音）子梁。

木渣子是当地人称木工做活时用锛子加工木构件时锛去的边角料和用刨子刨下来的刨花，都是没用的只能用来烧火的废木屑。而扑柚子是一种甚至连灌木都算不上的山柴，主干最多也就长成手指粗细，最高能长到60~100厘米。大概是为了使人感到神奇吧，当地人以鲁班的名义，把这两件看似不可能的事情，用传说的形式和文殊殿融合在了一起。

先说木渣子柱子。中国的木结构房子,墙体是不承重的,屋顶的重量全是靠梁架木构件,最后通过柱子传导到地面的。所谓墙倒屋不塌就是中国木结构建筑的最大优势和特点。所以柱子、梁架对一座建筑物来讲,至关重要。正因为如此,主家和工匠都很重视立柱上梁的环节。立柱上梁的日子,对他们来讲比过节还要重要。立柱上梁之时要设牌位烧香上供放炮,正中一间的两根柱子上要贴对联,对联的内容常常是:

中国的木结构建筑就是这样,不需要墙体承重,靠木构架就撑起了整栋房子。

"上梁喜逢黄道日，立柱正遇紫微星。"还有"金梁拔地千年固，玉柱擎天万事兴；龙盘玉柱祥云绕，凤卧金梁紫气腾；柱顶乾坤家业盛，梁担日月福源长"等。就像春节贴对联一样，都是寓意美好的吉祥话。梁底还要画符，以求镇宅辟邪。这一日，主家还要特意加酒加菜犒劳工匠，以示庆祝。

话说鲁班主持建造佛光寺文殊殿已经过了一段时日，梁架做好、准备立柱上梁的这一天，施工的匠师突然发现少一根柱子、一条横梁，僧俗人等翘首盼望的上梁日子又不便更改。一众工匠急得抓耳挠腮，不知如何是好，赶快将此事报告给鲁班。只见鲁班不动声色，一口口吐着唾沫不一会儿就用那废弃的木渣子粘起一根柱子来，又指挥几个小伙子到不远处砍倒一根扑柚子柴，略一加工，一根柱子、一条梁的问题就这么神奇地解决了。

这个传说的真实性太经不住推敲了，春秋末期战国初期的鲁班怎么可能在宋金时期来五台山建造佛光寺呢！而且不管鲁班怎么神奇，用唾沫粘柱子和用山柴做梁怎么说也有点以次充好甚至偷工减料的嫌疑。

当地人用心良苦编出来的传说，要深究起来，反而给鲁班抹了黑。作为后人来讲，只能理解为当地人为了突出文殊殿的传奇性、神奇性，而忽略了许多细节。

　　文殊殿坐北朝南，是寺院的配殿。因为当地人以北为正，管北房一律都称为正房，所以就常常下意识地称文殊殿为正殿。但佛光寺整座寺院是坐东面西，按理说应该称东大殿为正殿，这又和当地老百姓的习

佛光寺文殊殿正侧面

惯性称谓不合，为防止引起歧义和概念混乱，人们就称全寺位置最高、面积最大、坐东面西的主殿为东大殿，把文殊殿直呼为文殊殿。文殊殿面宽七间，进深四间，八架椽，单檐悬山式屋顶。面宽长度32.8米，进深长度18.6米，总面积610.08平方米，只比东大殿小不到7.5平方米。在全国佛教寺院中，像这么大的配殿、这么大的文殊殿，佛光寺文殊殿首屈一指。

文殊殿悬山顶

文殊殿建于金天会十五年（1137），从唐大中到金天会年间，中国木结构建筑技术又经历了二百七八十年的传承和发展，梁架结构发生了很大的变化，最显著的变化就是减柱建造技艺日趋成熟，而佛光寺文殊殿就是减柱建造法的代表作，也是建筑史上具有里程碑意义的作品。所谓减柱法，就是增加横梁（建筑学家称为大柎额）的长度和粗壮度，减少立在地面用于承接屋顶重量的柱子数量的建造结构法。按通常的做法，面宽七间、进深四间的文殊殿应有40根柱子支撑。除外圈的22根柱子外，殿内地面应有18根柱子支撑。但为了给僧俗信徒做佛事提供更大的空间，匠师们大胆地增加了横梁（大柎额，也是后文梁思成先生所称的内额）长度，减掉14根柱子，只在前槽和后槽各设计了两根柱子，也就是殿内只用了四根柱子就支撑起了面宽七间、进深四间的大殿的巨大屋顶。这不仅反映了宋金时期我国建筑匠师所具有的大胆的创造性，也说明他们当时已具备成熟的力学和材料学知识。走进建于金代的文殊殿，犹如走进现代钢梁网架结构的会展中心，屋内空间十分宽敞。

木渣子柱子扑柚子梁

殿内只用了四根柱子支撑起巨大屋顶，中间那两根细点的柱子是后来加的保护性措施。

文殊殿前槽柱子的力学结构

梁思成一行考察时拍摄的文殊殿。现在文殊殿前长着一棵大树，已经拍不到这样的全景了。

梁思成在《记五台山佛光寺的建筑》中说:"正殿(东大殿)摄影测绘完了后,我们继续探视文殊殿的结构,测量经幢及祖师塔等。祖师塔朴拙劲重,显然是魏齐遗物。文殊殿是纯粹的北宋手法,不过构架独特,是我们前所未见;前内柱之间的内额净跨14米余(准确长度是14.08米,截面78厘米×57厘米),其长度惊人,寺僧称这木材为'薄油树',但是方言土音难辨究竟。一个小孩捡了一片枥树叶相示,又引导我们登后山丛林中,也许这巨材就是后山的枥木,但是今天林中并无巨木,幼树离离,我们还未敢确定它是什么木材。"

显然,梁先生一来是对方言土音听不懂,二来是并未把这种传说当回事,所以对扑柚子梁一说并未深究。我成长在本地,当然知道扑柚子柴不可能长成14米长、直径80多厘米的大材。但唯其不可能,才能说明鲁班的神奇,才能突出文殊殿的传奇,也才能借鲁班的神奇,映衬文殊殿的传奇。文殊殿的那根大枋额,虽然不可能是当地老百姓说的扑柚子梁,但那么粗大的木材,在当时的运输条件下,是不可能从外地运来的,只能说明建造文殊殿时,佛光寺周围的森林中,还有许多超高超大的树，那么粗长的木料应该是就地取材伐来的。

事隔多年后，梁思成用英文著述《图像中国建筑史》时，还不忘给佛光寺文殊殿写上一笔，他以《一座独特的建筑——文殊殿》为题这样介绍："佛光寺唐代大殿的配殿文殊殿，是一栋面广七间悬山顶的殿，貌不惊人。""然而，其内部构架却是个有趣的孤例。由于它那特殊的构架，其后部仅在当心间用了两根内柱，致使其左右柱的间距横跨三间，长度竟达四十六英尺（约14米），这样大的跨度是任何普通尺寸的木料都达不到的，于是便采用了类似于现代双柱式桁架的复合构架。"说明文殊殿这个结构孤例在梁先生脑子里留下了深深的印象。

其实，在文殊殿内，横跨三间的内额有三条，前槽跨中间三间的大内额，后槽除当心间有两根内柱外，左右两边分别架设了两根同样横跨三间的大内额，有可能是当时再没有像前槽三间那么粗大的木材，所以后槽两边的内额上施了八字托架，用以分散屋顶的重量（用梁先生的话说，叫"类似于现代双柱式桁架的

文殊殿后槽梁架结构

复合构架"),这就又创造了一项我国古代木结构建筑的第一,即首次使用斜材的木结构。

但是木材超过一定长度时,即使不承受上方的重量,本身也会有下沉现象,更不用说文殊殿的这几条大内额还承受了屋顶的重量,而且已经承受了800多年。所以,现在参观者到殿里看时,除了四根粗壮健硕的柱子外,还有许多较新较细的柱子,那是佛光寺被列为国家文物保护单位后,文物部门为了保护原有的房架结构,在适当的位置顶了一些细柱子,用来减轻大殿横梁的剪力,是一种保护性措施,不是原来的木架结构。

文殊殿前槽横跨正中三间的大额枋

当地人说的木渣子柱子到底是哪一根,我们没必要去考究,但那扑柚子梁就是指前槽这条横跨三间宽度的大内额。文殊殿梁架结构创新的关键技术就是这三条横梁,减柱的前提是有能承接屋顶压力的横梁代替柱子的功能,这样才能减掉柱子的数量。所以这样来看,所谓减柱建造法,关键不是减柱,而是增加横梁的长度和粗壮度,使其足以承担由于减掉柱子而需要承担的屋顶的重量。也可能是为了突出文殊殿这一最大的房架结构技艺创新手法,后人或是当时就有人编造出这么一个类似于神话的传说,以期人们能时时记起这一中国木结构建筑划时代的创新技艺。

按照佛教仪轨,新建成寺院、新修完殿堂、新塑就佛像等,都要举行隆重的开光仪式,只有经过开光仪式,寺院、殿堂、佛像才会具有灵性。我们可以想见,当年文殊殿建成开光时,场面一定很宏大,僧尼居士云集大殿,殿内殿外人头攒动,各路信众黑压压一片,跪倒在文殊殿内,向文殊菩萨礼拜时,殿堂的那份敞

文殊殿梁架结构,中国建筑史上首次使用斜材的实例。

亮也照进了众人的心中。

在文殊殿的梁架结构创新变革中,匠师们不仅用减柱建造法为殿内留出了足够大的活动空间,巧妙地在大梁上施用斜材来分散脊顶的压力。此外,文殊殿的斗拱结构方式与东大殿的斗拱相比,也发生了明显变化,在原来十字拱的基础上,开始有了45度角的华拱,这一改变不仅使斗拱的支撑力更大,看上去也更壮硕、更美观。

45度的华拱也是在文殊殿上最早使用的

文殊殿泥塑

如果没有这个传说,人们来到佛光寺都奔着东大殿去了,谁还会在意有这么一座配殿。因为东大殿不仅位居全寺最高位置,而且建筑年代久远、殿建规模宏大,殿内佛像塑造场面也十分壮观,在中国建筑史和美术史上都占有很重的分量。但因为这么一个推敲起来有点荒诞的传说,却可以让朝拜者在朝拜完东大殿之后,又兴味盎然地来文殊殿参拜,不仅参拜文殊菩萨,还可以实地考察中国木结构建筑从唐到宋金的演变和传承,可以看到减柱建造法的实物案例,可以看到这条扑柚子梁是如何横跨三间宽度,为减掉的柱子承接屋顶重量的。

佛光寺文殊殿不光建筑有说道,殿内的泥塑和壁画也是颇值得一提的。

文殊殿当心间有一个砖砌佛坛,佛坛上塑有七身彩塑。正中是文殊骑狮子的主像,两侧是胁侍等随从。与东大殿宏大的场面不同,文殊殿的佛坛很小,塑像数量和体型比例都不大。但塑像风格与东大殿的泥塑相比,发生了较大变化。人物造型脱开了唐代雍容华贵的富态,面部轮廓由方圆变成了鹅蛋形,五官位置更加端正匀称,更富生活化,显得灵巧机敏、活泼精干而有生气。造型俊秀,身材修长,肌肉饱满。既沿袭了唐风,又有了明显变化。不同年代的审美变化,在一座寺院两个殿内即可十分明显地体现出来。

文殊殿泥塑局部

　　文殊殿的三面内墙壁上，还有号称五百罗汉、实际只有245尊罗汉的明代壁画。说是罗汉，其实有许多尊就是当时和尚的写真画像。因为罗汉中有12位手持不同乐器演奏的乐僧，而佛光寺自唐代以来，佛乐演奏就远近闻名，在第一进大院唐代所立的石经幢上，就刻有僧人演奏乐器的形象。壁画线条流畅，构图用笔颇有特色，是研究中国明代壁画和明代佛教绘画的珍贵资料。

一座文殊殿，又融汇了建筑、泥塑、壁画三大艺术珍品，这木渣子柱子扑柚子梁建造的大殿，还真给佛光寺增加了不少传奇色彩。

木渣子柱子扑柚子梁

佛光寺文殊殿明代壁画

千秋功过说澄溪

佛光寺自创建以来就高僧辈出，代有僧才。北魏的昙鸾，唐代的志远、解脱、无名、法兴、愿诚等都是佛光寺的传代高僧。这里不说这些佛光寺历史上的耀门高僧，只说一位与佛光寺东大殿保存及东大殿彩塑有关的现代僧人——澄溪。

澄溪俗姓赵，1880年出生于五台县槐荫村。澄溪幼时家贫，10岁就在佛光寺出家。先后在大同华严寺、雁门关镇边寺驻锡。澄溪法师天资聪慧，佛道皆通，习得一手好字，字体苍劲有力。现存大同华严寺云水堂牌匾就是澄溪法师的真迹。不知什么时候还练了几招功夫，身手甚是了得。澄溪法师世寿78岁，于1957

年圆寂于佛光寺。

澄溪法师一生颇有几分传奇色彩。在他驻锡大同华严寺期间，时任大同城防司令既信仰佛教，也酷爱书法，十分欣赏法师古风遒劲的柳风书体，澄溪法师因此成为城防司令部的座上客，二人参禅论佛、切磋书艺，常常废寝忘食。1949年解放大同城时，攻城的解放军得悉这一因缘后，还通过澄溪法师做城防司令的工作，大同最终和平解放，澄溪法师应该也多少起了一点作用。

在雁门关镇边寺驻锡期间，那时雁门关寺院受代县衙门委托，在雁门关官道上向过往车辆收取过关费。赶脚的车夫挣点辛苦钱不容易，往往不愿意交钱，但又不敢和官方叫板，于是经常拿代收费的小和尚出气。有一次，一行三四辆马车路过雁门关，小和尚照例要求他们交钱过关。车夫们本不愿交钱，又仗着人多势众，不仅不交钱，还挥舞长鞭把小和尚脸上抽出一道道血印，小和尚抱头跑回寺院向住持澄溪报告。澄溪老和尚看着小和尚被打成这样，非常生气，马上跑出来与一行车夫理论，车夫们一看，年轻和尚都吃不住两鞭子抽,一个老和尚更不在话下,于是又甩动长鞭来抽老和尚。只见澄溪伸手一抓,几条鞭子便都被他抓在手中,几位车夫被拉了个趔趄,几乎跌倒,众车夫面面相觑,知道老和尚手上功夫了得,于是只好赔礼道歉,交钱过关。老和尚伸手抓鞭梢的故事不胫而走,在行脚的商贩车夫中传开,再也没人敢欺负收费的小和尚了,过关时都乖乖地交钱走人,不敢造次了。

五台县境内不知从什么朝代传下来一个民俗仪式,那就是谢土。谢土,就是酬谢土地神。每年农历腊月中下旬到次年立春之前,村里人基本上家家户户要择日搞一个谢土的祭祀活动。尤其是当年动过土的人家,诸如盖了房子、起过墙,甚至挖过地窖等则必须要谢土。老百姓流传着这样的话:"头等人家一年一谢、二等人家三年一谢、三等人家吃倒不谢。"就是说,好人家是应该每年都要谢土的。只有那些不明事理的人家才是吃倒泰山不谢土的,这样的人家是被人鄙夷的。乡亲们都虔诚地认为,每年地里长出庄稼,养活了自己的一家老小,应该对土地表示感谢,同时也祈求来年更加风调雨顺,五谷丰登。

雁门关

谢土仪式既庄重又虔诚，一般在晚上举行，但准备工作早早就做上了。蒸馍馍、炸油食、糊香斗、捏纸元宝等早在头天最晚也在当天下午就要准备好。天黑前谢土人家大门上早就贴上了用黄纸写的对联，"良辰谢土迎美满，酬谢五土纳千祥"。到晚上星星全亮了（其实是天全暗了）以后，先在院子正中朝北竖起土地牌位，土地牌位前则依次摆上贡品，包括茶水、馍馍、油食、果蔬之类，还要按八卦方位点上相应数量的灯。这一切准备就绪后，谢土仪式就正式开始了。谢土仪式很复杂，一般要找一个熟悉这种仪式的人主持，对着土地牌位燃香化裱烧元宝，上供磕头念表文。这时全家人都要跟着司仪跪倒，向着土地神方位磕头，个个心怀虔诚，人人肃然起敬。谢土仪式一般持续半个多小时。除了谢土地神之外，还要供奉一道牌位，叫作"是日云空过往一切诸神之位"，就是利益均沾的意思，虽然是隆重谢土神，但在神面前人很卑微，大概是怕得罪土地神以外的其他神仙，所以来一个是日云空过往一切诸神，让其他神仙也没话可说。

　　因为谢土仪式比较复杂，头绪也多，所以讲究点的人家就要延请更懂门道、更权威的人来主持谢土仪式。澄溪法师不仅精研佛学，对阴阳八卦也颇有领悟，就像全科医生一样，反正周围老百姓有什么求助的，他都能应付一二，所以在当地很有威望和影响。每年到谢土时段，佛光寺周围好多人家都请澄溪法师来家主持谢土仪式。1957年1月，正值隆冬，离佛光寺不远处的阎家寨村，有一户人家早早就约好澄溪法师去给他们家主持谢土仪式。澄溪法师按惯例把谢土用的一应物品都准备就绪，等到谢土日，法师按约去了主家，到晚上准备举行谢土仪式时，才发现准备好的谢土物品忘带了。忘就忘了吧，马上回去取来就是了，主家也没有任何埋怨的意思，无非是多耽搁个把小时，但一向做事严谨的老法师自己却十分自责和郁闷。真是所谓打架忘了拳，就是干这个来了，可偏偏却把最重要的东西忘带了，自觉不可原谅。打那次回去以后，身体每况愈下，一病不起。法师自知将不久于人世了，有一两天感觉略有精神，便把自己圆寂后需在灵柩前和寺院所有门上要贴的挽联等都写好，并一一交代清楚处理自己后事的各个环节。不出旬日，法师便坐化于他自幼出家的佛光寺，灵骨安葬在他自己早就选好的佛光寺西北塔坪上。

佛光寺的佛教音乐是有传承的，自唐代以来，佛光寺的佛教音乐一直很兴盛。澄溪法师还通晓音律，会作曲，五台山青庙音乐中有一则曲牌叫《滴溜子》，就是澄溪法师编创的曲牌。但因以前五台山佛教音乐大多是口口相传，师徒口传心授，"文化大革命"期间五台山佛教音乐人才大批流失，这个曲牌也像唐宋词牌一样，有名无曲了。

这些都是闲笔，无非是想让读者更全面地认识澄

至今色泽如新的东大殿泥塑群像

释迦牟尼佛（中）、弥勒佛（左）、阿弥陀佛（右）的衣袍上都画上了龙饰纹样

溪法师。这里主要再说说澄溪法师为佛光寺做的一"过"一"功"两件大事。

所谓"过"就是为东大殿彩塑重新涂色。

进过佛光寺东大殿的人都会不由自主地发出惊叹！惊叹那佛坛上的佛像身形高大、场面宏大，惊叹那经过1000多年的彩塑，颜色还是那么鲜艳。尤其令人费解的是，三位主佛身上披的是大家所熟悉的中国皇帝穿的龙袍。这佛像群全身鲜艳的颜色和三尊佛身上所披的龙袍，就是澄溪法师的一"过"所在。

澄溪自幼在佛光寺出家，对佛光寺感情深厚，所以早就发心，要为佛光寺做点大事。他每天上殿做功课，看着佛像色彩晦暗，显得十分陈旧。心想寺院地处台外，香火不旺，新造大殿虽然力不从心，但化点布施为佛像重新妆色还是可以做到的。于是他就在周围几十里入户化缘，断断续续几年下来，终于筹募够了妆像用度。接着就延请方圆几十里画技高超的画匠来为东大殿佛像重新妆色。在1928—1929年，用了近两年时间，终于给东大殿佛坛上35尊高大的佛像描上了鲜艳的颜色。印度的原始佛教是无君无父的，也是不受王法制约的。但传来中国后，却始终在王权控制的范围内活动。东晋十六国时期的佛学巨擘，中国佛教史上划时代的佛教学者和僧团领袖道安（312—385年，曾来五台山地区传教）就深刻指出，"不依国主，则法事难立"。所以，澄溪法师理所当然觉得皇帝是至高无上的，于是就要求画匠对佛坛上的三尊主佛也给予皇帝的同等待遇，给释迦牟尼佛、阿弥陀佛和弥勒佛三尊佛身上加上了龙袍。佛陀穿着龙袍的塑像，恐怕全世界仅此一例。

梁思成先生非常遗憾地感叹："这些像都在最近数年间，受到重妆的厄运。虽然在形体方面，原状尚

东大殿胁侍菩萨的色泽还是那么鲜艳

得保存,但淳古的色泽却已失去;今天所见的是鲜蓝鲜碧及丹红粉白诸色,工艺粗糙,色调过于唐突鲜焕。"事已至此,无可挽回。

澄溪法师一心向佛,费了几年心血,却好心办了一件坏事,遮盖了佛像唐代原有的颜色,对唐代泥塑艺术的完整保护造成了一定的影响。梁先生对此心痛不已,却又无可奈何地称为"重妆的厄运"。好在这

雄踞于高台之上，藏在密密匝匝、郁郁葱葱树荫后的东大殿。

一次妆色是在原佛像外面裱了一层纸，在纸上重敷颜色，如果细心剔掉那层纸，还能重现原来的颜色。但这又谈何容易呢！弄不好会造成再次破坏。这就是澄溪法师对佛光寺的一"过"所在。因为对佛虔诚但对文物保护一无所知，造成了无法挽回的过错！

　　澄溪和尚做的另一件事是保护东大殿。澄溪法师几十年如一日，做早晚功课雷打不动。1941年的冬天，那一日，他与平常一样在傍晚上了东大殿，虔诚而又规范地做完晚功课，回来后也像平日一样上炕睡觉。平时做完晚课早就累了，一般都是倒头便睡，那天却

东大殿全景

不知为什么,他躺下后辗转反侧,恍恍惚惚,总觉得有什么事似的,怎么也睡不着。失眠的滋味想必好多人都尝过,他躺也不是,坐也不是,实在睡不着,就干脆穿衣起来,漫无目的地又去了东大殿。一走出台阶(上东大殿要通过一孔窑洞,走37级坡度很陡的台阶),他看见大殿内好像有火光闪烁,定睛一看,又好像没有,他以为自己朦胧中有点眼花。但不由自主地朝大殿走去,打开殿门一看,供桌上的桌围已经烧完,供桌已开始燃烧。老和尚惊出一身冷汗,赶快一边喊人,一边用手捧起大殿前的积雪灭火，等到下边院里的人起来再上得殿来，火已基本扑灭。澄溪法师这个把小时的失眠，实在是价值太高了。要不然，梁思成先生一行发现东大殿为唐代原建才四年多，就毁于火患，那将是多么大的损失。虽然梁先生当时曾致信山西省教育厅请求保护东大殿，但那之后，卢沟桥的枪声已经响起，全民族首要的大事是反抗日本侵略者，保护古迹的事情尚未被提上议事日程。尤其已经知道了它的宝贵价值，如果再被毁掉，那就更令人感到痛心了。

东大殿庑殿顶

谢天谢地，这一切都没有发生，有佛菩萨在冥冥之中关照这一切，不知道佛菩萨是不是有意让澄溪法师弥补12年前那一次善意的过失，还是对梁先生一行多年考察研究古建筑的褒奖，总之，那座在中外建筑史上占有不可或缺地位的佛光寺东大殿，在梁先生他们考察后又一次遇难呈祥，躲过一劫。澄溪法师这一功，功莫大焉！

澄溪法师这一"过"一"功"，给本就有许多故事的东大殿，又增加了两抹亮丽的传奇色彩，不仅给朝拜、游览者又能增加不少谈资，还为后人更好地保护好东大殿留下了可资借鉴的教训。作为与澄溪法师有点亲缘关系的后人，我们还是很为有这样一位先人而感到欣慰的。

东大殿千年未毁之谜

佛光寺东大殿自唐大中十一年（857）二月竣工以来，截至2018年，已经在佛光山山腰间的高台上，默默矗立了1161年，而且至今未曾落架修护过，完好地保存了当时的原建原物。20世纪末，国家改造中小学校舍，提出的标准是50年不坏，现在居民购买商品房产权只有70年，而一座唐代的木结构建筑，却能昂然挺立一千多年至今安然无恙，无论怎么说都是一个奇迹。东大殿为什么能屹立千年未毁呢？笔者通过向古建筑保护专家请教和查找资料，希望和读者共同揭开这个谜底。

一座好的建筑要具备三个要素，即实用、坚固、

雄踞高台的东大殿全景

美观。东大殿无疑是三者兼具的。实用自不必说,其坚固更是创造了木结构建筑寿命的奇迹。影响建筑物寿命的因素很多,比如地基沉降、梁架扭曲、屋顶漏雨、地域气候、自然灾害等。对于木结构建筑来说,还有一个致命的弱点,那就是怕遭遇火灾。而这些还只是自然因素,自然因素是有规律可循的,设计、建造以及维护者,可以通过科学的方法,规避风险,尽可能延长其寿命。对建筑物来讲，还有一种比自然因素更可怕更不可预判的社会因素，那就是社会动荡、战争破坏等。中国古代历朝历代不仅没有保护古建筑的传统，朝代更迭之际往往是宫廷建筑惨遭毁坏之时。"覆压三百余里，隔离天日"的"天下第一宫"阿房宫，就是被"楚人一炬"，化为焦土的。我们五千年文明古国，只侥幸保存了一座明清皇宫，元以前的宫廷建筑都被化为焦土了。即使是宗教建筑，也因统治者的好恶，而屡遭兴废。

佛教在中国是依赖于皇权才发展起来的，历朝历代统治阶级对佛教的态度，直接决定了佛教的兴衰，中国历史上有名的"三武一宗"灭佛事件，就使佛教遭受了沉重打击，在灭佛过程中，佛寺建筑首当其冲被毁坏。唐武宗灭佛时几乎把全国的佛教寺院全部焚毁，僧尼还俗，寺院财产充公。佛光寺的那座大约建于唐元和至长庆（806—824）年间，高30多米的三层九间弥勒大阁，就是在唐武宗灭佛期间被焚毁的。灭佛时毁坏佛寺建筑的现象很普遍，也很容易理解，对建筑物的寿命来说，这属于反例。但还有更多因崇佛而毁坏了佛寺建筑的例子，不稍加说明，好多人会不明就里。比如，佛教圣地五台山的中心地带在台怀地区，可是台怀地区的佛寺基本是明清以来的建筑，没有更早的遗存。这恰是因崇佛而拆毁寺院建筑的典型诠释。唐武宗灭佛的风浪过去之后，台怀地区本可以留下许多晚唐以及宋代建筑，但因台怀地区寺院集中，信众云集，香火旺盛，各大寺院有雄厚的经济实力不断改建、扩建、新建寺宇殿堂，僧尼居士为了表达对佛菩萨的虔诚敬仰之心，就想着法儿地为佛菩萨营造更豪华、更讲究、更能赶上时代潮流的殿堂楼阁，为僧尼打造更实用、更舒适的起居修行场所。台怀地区的大多数古老建筑就是在佛教徒崇佛的虔诚热情中一批批地被拆毁重建了。而东大殿却阴差阳错地有了这样的幸运，既未被恶意焚毁，也未被善意拆除，同时也没有被自然损毁。下面我们不妨逐条分析一下，东大殿能幸运保留下来的机缘。

首先，东大殿建成以后，再没有遭遇唐武宗灭佛那样毁灭性的劫难，虽然在后周世宗显德二年（955）又发生过一次毁佛事件，但这次法难并没有像前三次那样大量屠杀僧尼、焚烧佛经和毁坏佛寺建筑，所以东大殿在它建成后的第一个百年内，躲过了后周世宗灭佛的最大一劫。

其次，因佛光寺地处台外，香客较少，寺院一直没有足够的经济能力改建、扩建和新建这么大的殿宇。这就是梁思成从一张五台山图上就推测佛光寺有可能存有唐代建筑的基本前提。再者大殿本身多年来一直巍然屹立，保存良好，客观上也没有重建的必要。这是东大殿得以完好保存的两大社会因素。

第三，我们就自然因素来探究一下东大殿千年不毁的奥秘。

我们知道，建筑行业把一座建筑物分为下分、中分和上分三部分。下分指地基部分，中分是屋身部分，上分则是指屋顶部分。一座建筑物坚固不坚固，最重要的是基础，即地基。在黄土高原上的任何建筑设施，地基沉降至现在都是个绕不过去的难题，东大殿为什么能经千年而独善其身呢？原来，东大殿地基基本上是劈山凿石开出来的，只有前面少半截是垫起来的。这就相当于东大殿主体大部分直接坐落在岩石上，不

东大殿后劈山开挖的山体岩石

仅地基不会下沉,也没有潮气上升,对木架构基本没有腐蚀的威胁,对里边的塑像当然也没有腐蚀。一千多年过去了,现在只有前檐西南角的角柱柱础没入台基,略有下沉。

再看中分,也就是说梁架结构。梁架结构是否坚固,首先决定于制作梁架的木材自身的特性,比如杨木易折且易腐朽,柳木和桦木易弯,而榆木和松木就既不易折,也不易弯,木材刚性和硬度都比较好。其次是所处环境的温湿度,尤其是湿度。东大殿的梁柱都是油松,而油松是材质比较致密,很耐腐朽的树材,其刚性和韧性都很好。加之佛光寺所在地域气候凉爽,没有南方那种高温高湿的气象情况。尤其是东大殿坐落在全寺最高处,坐东面西,几乎常年都被西北风吹着,殿体基本就在干爽的环境中度过这千余年的。

东大殿台基

同时因为地基基本没有沉降,也没有潮气上升,梁架基本没有腐朽,也就不会因梁架腐朽而使榫卯结构损坏,导致受力不平衡,从而产生扭曲。即使偶尔有外力干扰,由于榫卯节点有一定范围的可活动性,

稍有内倾的东大殿西南角角柱

木材本身也具有柔性，所以东大殿建成后虽然遭遇过八次五级以上地震，其梁架基本未受影响。另外东大殿木构架还有两个非专业人员不易察觉的特点，那就是面宽七间的东大殿每间的间距并不相等，而是中间一间最宽，往两边逐渐变窄，两尽间（最靠边的两间）最窄。但是差别不是很大，肉眼看不出来。檐柱也并不等高，而是从当间（中间一间）开始，两边的柱子依次升高，两边的角柱最高。各柱高之间的差别也很小，非专业人员肉眼同样看不出来。而且四个角的角柱不是完全垂直于地平面，而是稍向内倾，建筑专业上称为侧角。这些木构架上的匠心设计，为整个大殿的稳固度增加了很大的保险系数。

接下来应该还有一个因素也应涉及，那就是虫蛀。千年的木材，即使有几窝小虫蚁，那也极有可能使大殿遭遇灭顶之灾。梁思成一行考察时，就发现梁架上方盘踞着数不清的蝙蝠，蝙蝠粪便和千年尘土积了十几厘米厚，那粪土中又寄生着无数臭虫，"照相的时候，蝙蝠惊飞，秽气难耐，……工作至苦。我们早晚攀登工作，或爬入顶内，与蝙蝠臭虫为伍"。这个问题到目前为止没有专家专门考证过，但不少导游却以此事为由头，做出了一个很好的解释。他们每每在大殿讲解时，很夸张地向游人介绍梁先生当年考察时被蝙蝠、臭虫干扰的苦状，同时故弄玄虚地向游客进行科普：因为有蝙蝠、臭虫的存在，抑制了别的虫蚁滋生，这种当年给梁先生考察带来不少麻烦的蝙蝠、臭虫，反倒成了保护梁架木材不被虫蚁破坏的"功臣"。虽然这种结论不是专家的专业解释，但导游这种推测或许也有几分道理。因为有蝙蝠和臭虫的共生，抑制了其

东大殿屋顶，建筑上称这样的屋顶叫庑殿顶（四阿顶）。

他虫蚁的滋生，保护大殿未被虫蛀。

第三说上分，也就是屋顶。屋顶漏雨也是导致房屋倒塌的重要因素，东大殿屋顶是庑殿顶，四面出水，而且出檐很深，屋顶来水都被深远的出檐送到离地基很远的地方，不仅不影响地基，也不会溅到柱子上。梁思成在《图像中国建筑史》中专门提到"唐代佛光寺大殿，其屋檐竟从下面的檐柱向外挑出约十四英尺（4米）。能够保护这座木构建筑历经一千一百多年的风雨而不毁，这种屋檐所起的重要作用是显而易见的。例如，它可以使沿曲面屋顶瓦槽顺流而下的雨水泻向

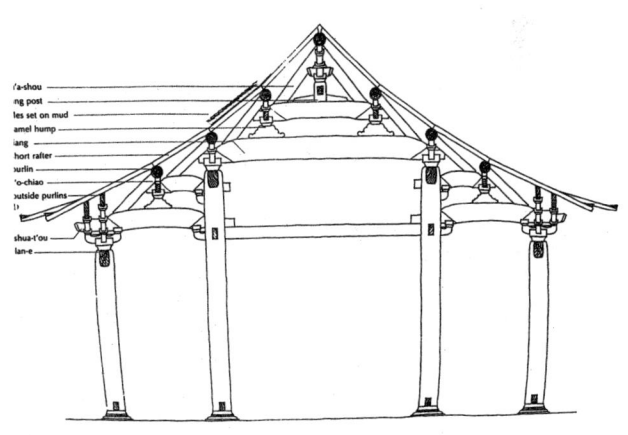

远处。"近些年大殿东北角因屋瓦损毁,有漏雨下渗,导致东北角出现倾塌,曾引起全国很多人的关注,有的网友还纷纷质疑是否保护失当。其实文物保护和修复是很专业的问题,现在国家文物局正在研究维修保护方案,如果要揭顶维修的话,大家可能要有一段时间看不到东大殿了。

我们从社会说到自然,从下分说到上分,这么多因素,无论有哪一条出现纰漏,都有可能使大殿损毁,但万幸的是,东大殿似乎很有灵性,都阴差阳错地避开了种种劫难,在原九间弥勒大阁的地基上,巍然屹立了1100多年,不无骄傲地向世人展示着大唐风采,讲述着大唐故事。

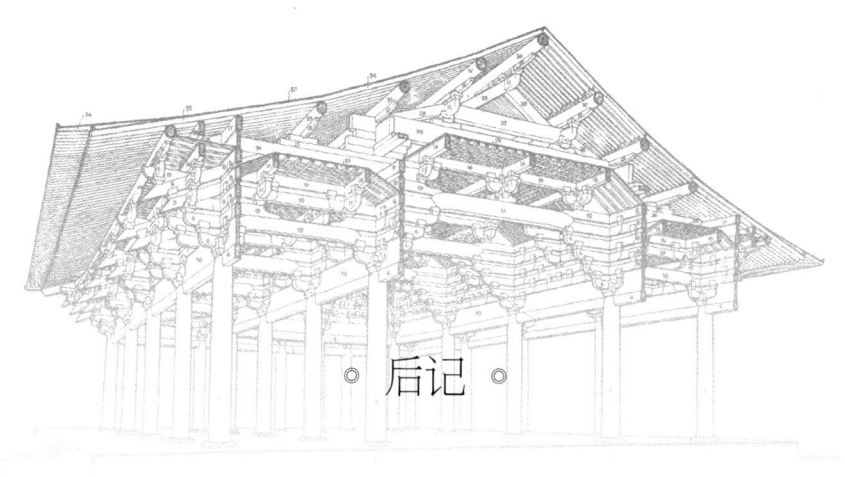

◎ 后记 ◎

拙著《佛光寺传奇》从内容来讲，应该算文化类图书，但其销售渠道却主要走旅游途径。本书出版后正好赶上了新冠肺炎疫情肆虐，旅游市场遭遇了大萧条。尽管如此，出版仅仅两年的时间，就有了再版的机会，这实在要感谢广大读者的厚爱。

我上小学期间，读过一篇课文叫《千人糕》，意在说明制作一种普通的枣糕也需要好多行业的好多人合作才能完成。而出版一本书，更是渗透了许多人的心血，得到许多人的帮助。值此书再版之际，本人谨向为此书出版付出努力和给予帮助的人致以诚挚的敬意和深深的谢意！

我首先要感谢的是已经故去的中国著名古建专家、山西古建巨匠、"文博大家"柴泽俊老先生。正如在《我与佛光寺的渊源》中所说，虽然我从小就耳濡目染，听了许多关于佛光寺的故事，但真正认识佛光寺的价值，是柴泽俊老先生为我开悟的。其次，我要感谢岳母和妻兄赵六合，书中关于澄溪老和尚故事的许多细节是他们为我讲述的。本书初版时，岳母犹健在，再版时她老人家已离开我们两年了，对于澄溪老和尚一节来说，犹有点抢救的意味。更要感谢的是山西省古建筑与彩塑壁画保护研究院佛光寺保护利用部部长胡俊英和办公室主任范永伟，他们对我写作本书帮助很大。完成文字稿后，我到佛光寺补拍照片，那时与范主任并不认识，我说明来意后，他亲自搬来梯子，让我寻找更好的拍摄角度，为我提供了大力支持和无私帮助，我深为感动。在言谈中，我感觉范主任对佛光寺很有研究，于是把全书的文字稿传给他，请他审阅把关，范主任果然不负重托，给我指正了几处关键性的错误。

佛光寺东大殿虽然知名度很高，但东大殿从来没有一张正面全景照，那是因为东大殿前面的空间不够，拍全景镜头拉不开距离。2014年，我曾为东大殿拍过一张接片正面全景，说是全景，其实因距离太近，拍不到大殿屋顶，不能算是真正意义上的全景。后来，我曾经在五台县城见过一张用无人机拍的东大殿全景照片，但几经打听始终没有寻到作者本人。恰巧，我的好友、曾任繁峙县文联主席的摄影家王爱中先生新购了无人机，爱中驾车专程从繁峙到五台佛光寺，用无人机拍了东大殿全景、佛光寺全景，所以，王爱中先生也是本书再版我要特别感谢的重要人物。

算起来我撰写关于五台山的图书，本书已是第四本，尤其在撰写《画说五台山》时，我是下了大功夫的，翻阅了各类图书近百种，出入五台山各大寺院不计其数，采访过各方面的专家也不下几十人，所以写《佛光寺传奇》，我已有一种驾轻就熟、自信满满的感觉，但是当时的责编在审稿时还是发现了几处小问题，编辑的敬业和严谨给我留下了很深的印象。每出一部书，编辑所付的心血，不亚于作者。所以每有新书付印，我就想起了那篇小学读过的课文——《千人糕》。

随着中国传统文化复兴的潮流，国宝佛光寺愈发引人瞩目，对佛光寺的研究方兴未艾，本书作为引玉之作，希望得到大家更多的指正。

作者
2022 年 7 月 28 日